KB274906

바보생각

침묵을 이야기한 어느 행복한 바보 이야기

바보생각

하늘출판사

여는 글

물라^{※)} 나스루딘. 우리에게 그의 이름은 그리 낯설지 않다. 그의 일화는 세계 유명 잡지들의 단골 메뉴이기도 한 까닭이다. 그러나 우리 나라에서 그의 이야기를 한데 모은 책은 아직 없었다. 그것은 불행(?)에 가깝다고 말하고 싶다.

물라 나스루딘, 그는 분명 바보였고, 천재였고, 그리고 무엇보다도 행복한 사람이었다. 좀더 정확하게 말하자면 행복이 무엇인지 아는 사람이었다. 그리고 그 행복해지는 방법을 사람들에게 열심히 상기시킨 성자이기도 하다.

그가 거침없이 쏟아내는 독설이나 바보스런 행동이나 날카로운 질문들은 서로 상이하게 보이지만 공통의 키워드를 가지고 있다. 바로 사람들의 '어리석음을 깬다'는 점이다. 그는 바보스런 행동을 통해 상대의 어리석음을 깨닫게 하는 특별한 재주를 가지고 있다. 그것은 맑은 정신에서 나오는 직관력이다. 정신적으로나 물질적으로나 욕심이 있는 사람에게 그러한 직관과 해학을 찾아볼 수는 없을 것이다. 아마도 중동의 김삿갓이 나스루딘이었을 것이다.

※) 물라는 회교국 율법학자에 대한 최고의 존칭이다.

물라 나스루딘의 행복론은 다분히 동양적이다. 왜냐하면 일상에서의 물질적인 욕심과 그릇된 앎에의 욕심을 버리는 것이 현명하게 행복에 이르는 길임을 끊임없이 갈파하고 있기 때문이다. 순간순간의 상황에 가장 적절하게 대처하는 자연스러움의 미덕을 그는 강조하고 있는 것이다.

물라 나스루딘은 지금도 학자들 사이에서 악동이냐 현자냐로 의견이 분분한 문제아로 남아 있다. 심지어 '안티나스루딘파'까지 형성되어 있을 정도다. 그러나 어쨌든 이 모든 소요는 물라 나스루딘의 독설과 기행이 현재까지도 삶의 여러 문제들을 날카롭게 꿰뚫고 있다는 반증이 될 것이다.

지금 이 순간에도 나스루딘은 당나귀 한 마리를 거느리고 우리 곁을 유유히 지나가고 있는 중이다.

- 엮은이

● 차례

— 진리란 무엇입니까?
— 내가 이전에도 결코 말한 적이 없고
앞으로도 말하지 않을 어떤 것이니라.

하루는 나스루딘이 마을의 큰 부자를 찾아가 돈을 빌려줄 것을 요구했다.

"내게 돈을 좀 빌려주십시오."

"왜요?"

"코끼리를 한 마리 사려고 합니다."

"그래요? 그렇지만 앞으로도 돈이 없으면 코끼리를 키우기 어려울 텐데요."

부자는 자신의 말이 제법 재치 있다고 생각했다. 나스루딘은 부자의 야유 섞인 말엔 아랑곳 않고 정색을 했다.

"내가 하는 말을 잘 못 들었단 말이오. 나는 이곳에 돈을 빌리기 위해 온 것이지 충고를 듣기 위해 온 것이 아닙니다."

충고는 해줄 사람에게 해야 한다. 만일 당사자가 받아들일 준비가 안 돼 있으면 해줄 필요가 없다. 그리고 충고는 듣는 이로 하여금 행동에 이르게 까지 하기는 더더욱 어려운 법이다

어느 방법이 완전한 것입니까?

여러 현자들을 찾아다니며 공부를 많이 한 사람이 나스루딘에게 왔다. 제자 되기를 간청한 그는 자신이 어디에서 무엇을 배웠는지 상세하게 적어 왔다.

"선생께서 저를 받아 주시기를 바랍니다. 아니면 적어도 제게 선생의 사상을 말씀해 주십시오. 저는 제 시간을 이러이러한 유명한 학교에서 많이 보냈습니다."

"그렇습니까?"

나스루딘이 말했다.

"당신은 여러 학자들과 그들의 가르침을 공부했습니다. 하지만 정작 당신이 해야만 했던 것은 그 스승의 가르침들로 당신 자신을 연구했어야만 했습니다. 그렇게 했다면 무엇인가 가치 있는 것을 얻을 수 있었을 것입니다."

동전을 먹기 위한 곤욕

나스루딘은 과일과 고기가 흔한 지방에서 태어났기 때문에 카레를 먹어본 적이 없었다.

어느날 그는 인도의 카피리스탄이란 험한 산을 터벅터벅 걸어 내려오고 있었다. 그렇게 종일 걸었기 때문에 입안이 바로 사막이었다.

"곧……곧……음."

나스루딘은 혼잣말로 중얼거렸다.

"신선한 과일을 먹을 수 있는 곳으로 가야지."

그 말을 마치자마자 모퉁이를 돌아서게 되었다. 그리고 신이 돕기라도 하듯 한 그루의 나무 그늘 아래 인정 많게 생긴 남자가 눈에 들어왔고, 그 남자는 바구니 하나 가득 과일을 앞에 두고 팔고 있었다. 바구니에는 크고 연붉은 빛깔의 먹음직스런 과일이 가득 담겨 있었다. 나스루딘은 쏜살같이 달려가 소리쳤다.

"이것이 바로 내가 찾던 것이오"

나스루딘은 터번의 마지막 매듭에서 두 개의 작은 동전을 꺼내 과일 장수에게 주었다. 그러자 그 남자는 아무 말 없이 나스루딘에게 바구니까지 통째로 내주는 것이었다. 인도에서 이런 종류의 과일(?)은 값이 매우 쌌다.

나스루딘은 과일장수가 떠나자마자 그 자리에 주저앉아 과일들을 허겁지겁 씹어먹기 시작했다. 그런데 웬걸, 과일을 한 입 베어먹자마자 입은 얼얼해지고 눈물은 시냇물처럼 흘러내렸고 코에서는 유황 냄새가 났다.

두어 시간이 지났을까, 아프간 언덕에 사는 한 노인이 그의 곁을 지나갔다. 나스루딘은 큰소리로 노인을 불러세웠다.

"여보시오, 노인장! 이 신앙심 없는 과일들은 사탄의 입에서 나온 것이 틀림없소!"

노인은 나스루딘을 살피더니 혀를 끌끌 차며 말했다.

"어리석은 사람 같으니! 당신은 인도의 칠리고추를 들어보지도 못했소? 지금 당장 그만 먹도록 하시오. 그렇지 않으면 해가 지기 전에 죽음의 그림자가 당신을 덮칠 것이오"

나스루딘은 단호하게 대꾸했다.

"나는 여기에서 한 발짝도 움직일 수 없소. 이 바구니의 과일들을 다 먹기 전까지는 어디도 갈 수 없단 말이오."

"미친 사람 같으니라고! 그건 과일이 아니고 독한 양념의 일종이란 말이오! 어서 그것들을 던져 버리시오"

나스루딘은 볼멘 소리로 말했다.

"나는 지금 과일을 먹고 있는 것이 아니라 내 동전을 먹고 있단 말이오."

 벌레들은 불에 타 죽는 줄도 모르고 불 속으로 뛰어든다. 물고기는 위험한 줄도 모르고 낚시 끝의 먹이를 문다. 그러나 우리들은 불행의 그물이 있음을 잘 알면서도 관능적인 향락에서 떠나지를 못한다. 인간의 어리석음에는 이처럼 끝이 없다.

등불의 용도

"나는 어둠 속에서도 모든 것을 잘 볼 수 있습니다."

나스루딘은 찻집에 앉아 사람들에게 자신의 초인적인 능력을 자랑하고 있었다. 그의 말이 의아스럽다는 듯 고개를 갸웃거리던 어느 젊은이가 물었다.

"그런데 왜 우리는 가끔 길거리에서 당신이 등불을 가지고 다니는 것을 보게 됩니까?"

나스루딘은 등불을 들고 다니는 건 너무나도 당연한 일이라는 듯 대답했다.

"그건 다른 사람들이 나와 부딪치는 것을 막기 위해서입니다."

왜 안 하십니까?

나스루딘은 온갖 물건들을 파는 만물상에 들어가 주인을 찾았다. 그리고 심각하게 물었다.

"못 있습니까?"

"예."

"실도요?"

"예."

"염료도 있습니까?"

"예."

"그런데 왜 천국을 여행하기 위한 한 켤레의 부츠는 만들지 않았습니까?"

"……?"

사람의 힘으로 달성할 수 없는 일이란 별로 없다. 노력은 적게 하고 많은 것을 얻으려고 하는 곳에 사람들의 한숨이 있다.

나스루딘은 어느 결혼 잔치에 초대되었다. 그런데 언젠가 그 집에 갔을 때 누군가가 그의 샌들을 훔쳐간 일이 있었다. 그래서 이번에는 샌들을 문 앞에 두지 않고 코트 안주머니에 집어넣었다. 불룩 튀어나온 코트가 이상스러워 주인이 물었다.

"주머니엔 어떤 책이 있습니까?"

나스루딘은 고심하기 시작했다.

'이 사람은 곧 내 신발을 발견해 내겠지…… 어떻게 이 위기를 넘겨야 하지!'

잠시 망설이던 나스루딘은 큰소리로,

"당신이 보고 있는 주머니의 볼록한 이것의 실체는 '신중'입니다."

"얼마나 훌륭한 책입니까? 어느 서점에서 사셨습니까?"

"이상하게 들릴지 모르지만 사실은, 한 구두수선공에게서 산 것입니다."

 나의 삶에서 무슨 일이 닥치느냐 하는 것은 10%일 뿐이고, 나머지 90%는 내가 그것에 대해 어떻게 대응을 하느냐 하는 것이다. 우리가 어떠한 태도를 취하느냐 하는 것은 전적으로 우리 자신의 책임이다.

단지 가정이

나스루딘이 깊은 사색에 잠겨 마을 거리를 걸어 내려오고 있을 때, 몇몇의 장난꾸러기들이 그를 향해 돌을 던지기 시작했다. 불시에 습격을 당한 그는 놀랐다. 그렇지만 그는 아이들을 혼내고 싶은 생각은 없었다.

"애들아, 그만 하거라. 내가 재미있는 이야기를 해줄 테니."

"좋아요! 어떤 이야기예요? 어려운 이야기는 절대 안 돼요."

"아니란다. 지금 왕께서 모든 이들에게 자유로운 연회를 베풀고 계시단다."

나스루딘은 연회에서 벌어지는 온갖 진귀한 구경거리들을 한참 흥분한 채 이야기하였고, 아이들은 그의 이야기가 끝나기도 전에 궁전으로 달려가고 있었다. 나스루딘은 아이들이 멀리 사라지는 것을 바라보다가 갑자기 소매를 걷어올리고 아이들 뒤를 부지런히 쫓아가기 시작했다. 그는 헐떡이며 혼잣말로 중얼거렸다.

"내가 직접 가서 보는 게 낫겠어. 이쩌면 그건 사실일 수도 있으니까……."

깊이 생각하라. 그리고 먼저 그대의 사상을 풍부히 하라. 저 커다란 건물이라고 할지라도 먼저 인간의 두뇌 속에 그 형체를 이룩하고 그런 연후에 그것이 건물이 되어 나타난 것이다. 현실이란 사상의 그림자에 불과하다.

가정

"운명이란 무엇입니까, 물라?"

"가정입니다."

"어째서요?"

"여러분들은 일이 잘 되어갈 것이라고 추측합니다. 그러다가 잘 되지 않으면 불운이라고 부릅니다. 마찬가지로 여러분들은 일이 나쁘게 되어 갈 것이라고 추측합니다. 그러다가 잘 되면 행운이라고 부릅니다. 또 여러분은 어떤 일이 일어날 것이라든가 혹은 안 일어날 것이라고 가정합니다. 그러나 여러분들은 직관이 부족하여 앞으로 무슨 일이 일어날지 모릅니다. 여러분들은 미래는 알 수 없는 것이라고 생각합니다. 여러분들이 어떤 일에 휘말려들 때, 바로 운명이라고 부르니까요."

자기 앞에 어떠한 운명이 가로놓여 있는가를 생각하지 말고 앞으로 나아가라. 그리고 대담하게 자기의 운명에 도전하라. 그것만이 인생의 풍파를 헤쳐나가는 묘법이다. 운명을 두려워하는 자는 운명에 먹히고 운명에 도전하는 자는 길을 비킨다.

나스루딘이 덥수룩해진 수염을 다듬기 위해 이발소를 찾았다. 그런데 그 이발소 이발사의 면도칼은 어찌나 무딘지 부엌에서 쓰는 칼과 다를 바가 없었다. 게다가 솜씨는 어찌나 서툰지 십 수년 이발사를 해왔다는 게 믿기지 않을 정도였다. 그 이발사는 매번 나스루딘의 얼굴을 엉망으로 만들곤 했는데, 역시나 이번에도 어김없이 얼굴에 상처를 내기 시작했다. 이발사는 상처낸 자리의 출혈을 멎게 하려고 얼굴에 솜을 한 뭉치 얹어 놓았다.

면도 시간이 길어질수록 나스루딘의 한쪽 뺨은 솜으로 가득 채워졌다. 이발사가 그의 다른 쪽 뺨을 면도하려고 했을 때, 나스루딘은 거울 속에 비춰진 자신을 발견하고는 갑자기 벌떡 일어나면서 소리쳤다.

"그만, 이제 됐어요! 한쪽은 목화가 자라게 하고 다른 쪽은 보리가 자라게 하는 것이 좋겠어요!!"

결단할 때에 결단하지 않으면 그 때문에 오히려 더 큰 어려움을 받게 된다.

나스루딘은 한때 왕의 총애를 받는 신하로 요직을 맡기도 했었다.

어느 날이었다. 그날 따라 왕은 유난히 배가 고팠다. 그런 탓인지 상에 오른 가지 요리가 너무나 맛이 있었다. 왕은 요리사에게 그것들을 매일 요리하여 올리도록 명령하였다.

"세상에서 최고의 야채는 가지라고 생각하지 않소, 물라?"

왕은 나스루딘에게 물었다.

"물론, 최고입니다, 폐하."

왕은 닷새 동안이나 계속해서 가지 요리를 먹었다. 그런데 엿새째 되는 날 아침에도 역시 똑같은 가지 요리가 나오자 왕은 버럭 고함을 질렀다.

"이제, 이런 것은 치워 버려라! 보기도 싫구나!"

"폐하, 그것들은 세상에서 가장 맛이 없는 야채입니다."

나스루딘이 맞장구를 쳤다.

"그렇지만 물라여, 며칠 전만 하더라도 그대는 가지가 최고라고 말하지 않았소?"

"그랬습니다. 왜냐하면 저는 임금님의 신하이지, 야채의 신하가 아니
기 때문입니다."

가장 이상적인 태도는 물과 같은 것이다. 물은 만물에 혜택을 주면서 상대
를 거역하지 않고, 사람이 싫어하는 낮은 곳으로 흘러간다. 물처럼 거스름
이 없는 태도를 가져야 실패를 면할 수 있다.

적절한 응수

나스루딘은 바지 한 벌을 사려고 가게에 들어갔다. 그러나 마음이 변한 그는 바지 대신 같은 값의 외투를 사기로 마음먹었다. 그리고는 외투를 집어들고 성큼성큼 가게를 걸어나가려 하였다.

가게 주인이 황급히 소리쳤다.

"손님! 외투 값을 계산하지 않으셨습니다."

"그래서 이 외투와 같은 값의 바지를 저기에 남겨 두지 않았습니까?"

"그렇지만 손님께서는 바지 값도 내지 않으셨습니다."

"물론이죠! 왜 사고 싶지도 않은 바지 값을 내야 한단 말이오?"

어떤 일을 할 때 소인은 반드시 이득을 얻으려 하지만, 군자는 의를 얻으려 한다. 얻으려 한다는 점은 같으나, 그 기대하는 바가 서로 다르다.

수수께끼 같은 운명

어느 날 나스루딘이 좁은 골목길을 따라 걷고 있을 때 한 남자가 지붕에서 미끄러져 나스루딘의 목 위로 떨어졌다. 그 남자는 다치지 않았지만 물라는 병원으로 실려갔다.

몇몇 제자들이 문병 와서 묻기를,

"물라시여, 이 일을 당하고 어떤 지혜를 깨달으셨습니까?"

"원인과 결과의 필연성에 대한 어떤 믿음도 피하라! 지붕 위에서 떨어진 것은 그였지만, 다친 것은 나의 목이다. 그러니 만약 어떤 남자가 지붕 위에서 떨어진다면 그의 목이 부러질 것인가와 같은 추측은 하지 말도록 해라."

앞으로 다가올지 모르는 불행을 미리 근심하는 것보다 눈앞의 불행을 이겨내려는 마음을 갖는 것이 더 현명한 일이다.

대답

한 수도사가 나스루딘과 그의 친구들이 앉아 있는 찻집에 들어서면서 말했다.

"우리가 대답할 수 없는 것이란 세상에 존재하지 않습니다."

그때 나스루딘이 그 수도사에게 말했다.

"하지만 저는 제가 가르치는 한 학생에게서 대답해 줄 수 없는 질문을 받은 적이 있습니다."

"그렇습니까? 제가 그곳에 있었더라면 좋았을 것을! 그것을 말해 보십시오. 그러면 제가 그 대답을 해드리겠습니다."

"좋습니다. 그 학생이 묻기를, 선생님은 왜 밤에 몰래 창을 통해 우리 집에 들어옵니까?"

자화자찬하는 사람은 자신 외에는 아무도 보지 못하는 법이다. 자신만을 보는 사람의 신세보다는 오히려 장님이 더욱 낫다. 못난 사람일수록 잘 되면 자만심으로 부풀어오르고 역경에 처하면 자멸한다.

바보

나스루딘은 유리 접시들을 조심스럽게 들고 집으로 가다가 그만 떨어뜨리고 말았다. 유리 접시는 모두 깨져 버리고, 지나가던 사람들이 모여들었다. 그러자 나스루딘이 몰려든 군중을 향해 소리쳤다.

"나를 왜 그렇게 쳐다보고 있습니까? 얼간이들이여! 당신들은 전에 바보를 한 번도 본 적이 없습니까?"

지혜란 지식을 올바르게 사용하는 것이다. 지식인이 되는 것은 현자가 되는 것이 아니다. 수많은 사람들은 굉장히 많이 알고 있다. 그러나 그들은 그것 때문에 더 큰 바보라고 불린다. 실제로 아는 바보보다 더 큰 바보는 없다. 좌우간 지식 사용법을 아는 사람은 지혜를 가진 사람이다.

알라의 뜻이라면……

나스루딘은 새 셔츠를 사기 위해 돈을 모았다. 돈이 다 모아지자 그는 몹시 흥이 나서 곧바로 양복점으로 달려갔다. 재단사는 그의 몸을 재고 나서는,

"일주일 후에 다시 오십시오 알라의 뜻이라면 당신의 셔츠는 완성될 것입니다."

물라는 일주일 후에 다시 그 가게로 갔다.

"늦어질 것 같군요. 그렇지만 알라의 뜻이라면 당신의 셔츠는 내일 완성될 것입니다."

다음날 또다시 나스루딘은 가게로 찾아갔다.

"죄송합니다. 아직 완성되지 않았습니다. 내일 와 보도록 하세요. 하지만 알라의 뜻이라면 셔츠는 곧 완성될 것입니다."

몹시 화가 나버린 나스루딘이 씩씩거리며 물었다.

"얼마나 걸리겠소? 내 셔츠에서 알라를 떠나게 하려면 말이오!"

화살이 과녁을 벗어나면 훌륭한 사수는 다른 사람에게 핑계를 돌리지 않고 자신의 솜씨를 탓한다. 현명한 사람도 이와 같이 행동한다.

기막힌 생각

어느 날 나스루딘은 그의 아내에게 감칠맛 나는 설탕과자 '할와'를 만들어 달라고 하고서 모든 재료를 준비해 주었다. 그녀는 많은 양의 할와를 만들었다. 물라는 그것을 거의 다 먹어 버렸다.

그날 밤 잠자리에 들었을 때, 나스루딘은 아내를 깨웠다.

"내가 방금 기막힌 생각을 해냈소"

"그게 뭔데요?"

"남은 할와를 가져오면 말해 주리다."

아내는 일어나서 할와를 가져다주었다. 그러자 나스루딘은 그것을 몽땅 먹어치웠다.

아내가 재촉했다.

"자, 당신의 그 기막힌 생각을 말해 줘요. 그걸 듣기 전에는 잠을 이룰 수 없을 것 같아요"

"그 생각은……"

나스루딘이 천천히 말을 이었다.

"바로 낮에 만든 할와를 전부 먹어치우지 않고서는 결코 잠을 잘 수 없다는 것이오”

 생각을 한 곳에 모아 욕심이 동하게 하지 말고, 뜨거운 쇳덩이를 입에 머금
고 목이 타는 괴로움을 스스로 만들지 말라.

업적

찻집에 모인 몇몇의 군인들이 최근 자신들의 전과를 자랑하고 있었다. 마을 사람들은 주위에 둘러앉아 그들의 이야기에 귀를 기울이고 있었다.

무시무시하게 생긴 한 군인이,

"나는 커다란 톱날이 박힌 칼을 가지고 싸웠지. 적들은 내가 지나가면 지푸라기 같이 쓰러졌어. 물론 우리는 승리했지."

사람들은 그 군인의 영웅담이 끝나자 박수갈채를 보냈다.

"그 말을 들으니……."

평생을 통틀어도 몇번 안 되는 전쟁을 경험한 나스루딘이 입을 열었다.

"내가 전쟁터에서 적의 다리를 잘라 버렸던 때가 생각납니다. 정말 단칼에 잘려나갔었죠."

듣고 있던 군인들 중 대장이 나스루딘에게 말했다.

"선생, 당신은 그의 머리를 잘랐어야 했소!"

나스루딘이 미소를 가득 띠며 대답했다.

"그건 절대 불가능했지요. 이미 다른 사람이 머리를 잘랐으니까요."

 요령이 좋은 사람과 현명한 사람의 차이는, 요령이 좋은 사람은 현명한 사
람이라면 절대로 빠지지 않았을 곤란한 상황에 빠져 어떻게든 탈출하기
위해 몸부림치는 사람이다.

사냥

　나스루딘과 함께 사냥하기를 즐겼던 왕이 어느 날 곰 사냥에 그를 보냈다. 곰 사냥은 위험하기 짝이 없는 일이었다. 나스루딘은 다른 사냥꾼이 사냥하는 광경을 보는 순간 오금이 저려왔으나 피할 수는 없는 노릇이었다.

　사냥을 마친 나스루딘이 마을로 돌아왔을 때 마을 사람들이 물었다.

“곰 사냥이 어땠습니까? 재미있었나요?”

“아니요. 단지 기묘했죠.”

“곰은 몇 마리나 잡았습니까?”

“한 마리도 못 잡았습니다.”

“그럼 몇 마리나 추격했습니까?”

“한 마리도 못했습니다.”

“그러면 몇 마리나 보셨습니까?”

“한 마리도 못 봤습니다.”

“그러면 왜 기묘하다고 하셨습니까?”

“당신이 곰을 사냥하게 된다면, ‘한 마리도 없소’라는 내 대답이 현명하다는 것을 알게 될 것이오"

무엇인가를 하려고 할 때는, 그 방법보다도 이유 쪽이 훨씬 중요하다. '왜' 그렇게 하고 싶은지를 확실히 알고 있다면, '어떻게' 그것을 하는가 하는 수단은 반드시 떠오르기 마련이다.

나스루딘은 궁정의 복잡한 예절을 제대로 알지 못했다. 나스루딘이 궁정에 처음 불려갔을 때, 그는 술탄(회교국 군주)이 직접 영접하는 저명 인사들 사이에 서게 되었다. 한 관리가 나스루딘에게 왕이 이러이러한 것을 질문할 것이라고 귀띔해 주었다. 즉 나스루딘이 얼마나 오랫동안 그 마을에 살았는지, '물라'가 되기 위해 얼마나 공부를 했는지, 그리고 과세와 국민의 복지에 대해 만족하는지 아닌지를 물어볼 것이라고 일러 주었다.

나스루딘은 당황하지 않기 위해 대답을 미리 준비하고 외워 두었다. 그러나 막상 왕에게 불려나갔을 때 왕은 질문의 순서를 그만 바꿔버렸다.

"얼마나 오랫동안 공부를 했습니까?"

"35년간입니다."

"그렇다면 나이가 몇 살입니까?"

"12살입니다."

"그것은 불가능한 일이오! 도대체 우리 둘 중에 누가 미친 것이오?"

"둘 다입니다, 폐하!"

"감히 내가 지금 당신처럼 미쳤다고 말하는 것이오?"

"물론입니다. 우리는 미쳤습니다. 그렇지만 서로 다른 각도에서 미쳤
습니다, 폐하!"

앵무새가 아무리 말을 잘 한다고 하더라도 새고, 원숭이가 아무리 흉내를
잘 낸다 하더라도 역시 짐승에 지나지 않는다. 사람도 아무리 훌륭한 말을
한다고 하더라도, 사람으로 갖추고 있어야 할 예를 갖추지 못한다면 앵무
새나 원숭이와 다를 것이 무엇이 있겠는가.

얼굴을 분실할지도······

나스루딘은 자선금을 모으기 위해 어느 성의 영주를 찾아갔다.

"네 주인께 아뢰어라. 물라 나스루딘이 여기 와서 기부금을 청한다고."

문지기는 성안으로 들어갔다가 잠시 후 나와서 이르기를,

"저희 주인께서는 외출하셨습니다."

"그렇다면 그에게 전해라! 비록 그가 아무런 도움도 안 주었지만, 나의 이 충고는 무료니까 받아들일 수 있을 것이다. 다음 번에 외출할 때에는 창가에 얼굴을 두고 가지 말라고 하여라. 누군가가 그것을 훔쳐갈 테니."

한 자루의 양초로 많은 양초에 불을 옮겨 붙이더라도 첫 양초의 빛은 흐려지지 않는다. 자선을 베풀라. 자선을 베풀지 않는 사람은 아무리 큰 부자라 할지라도 멋진 요리가 차려진 식탁에 소금이 없는 것과 같다.

그렇게 어렵지 않습니다

어느 날 나스루딘에게 옷걸이를 빌리러 이웃이 찾아왔다. 그런데 그 이웃은 평소 욕심이 많은 사람으로 나스루딘이 질색을 하는 사람이었다. 나스루딘은 정중하게 말했다.

"미안합니다. 지금 막 옷걸이를 사용하고 있는 중입니다. 밀가루를 말리고 있죠."

나스루딘의 말에 이웃은 화가 치밀었다.

"도대체 어떻게 옷걸이에 밀가루를 말릴 수 있단 말이오? 쳇!"

"당신에게 옷걸이를 빌려주지 않으려고 궁리하는 것보다는 훨씬 쉬운 일이죠!"

남의 잘못에 대해서 관용하라. 오늘 저지른 남의 잘못은 어제의 내 잘못이었던 것을 생각하라. 잘못이 없는 사람은 하나도 없다. 완전하지 못한 것이 사람이라는 점을 항상 생각해야 하는 것이다. 우리는 언제나 정의를 받들어야 하지만, 정의만으로 재판을 한다면 우리들 중에 단 한 사람도 구원을 받지 못할 것이다.

강요된 의무

　한번은 나스루딘이 강물에 빠져 위험에 처했었다. 그때 같은 마을에 사는 향신료 장수가 그를 구해 주었다. 거기까지는 좋았으나, 나스루딘을 구해 준 이후로 그 향신료 장수는 날마다 나스루딘의 집에 놀러왔다. 하루도 거르지 않고 찾아오는 그를 귀찮게 여긴 나스루딘은 그와 함께 강가로 가 뛰어들면서 소리쳤다.

　"이제 나는 그때 당신이 구하기 전 상태와 같이 젖을 만큼 젖었소! 그러니 앞으로 나를 그냥 내버려두시오"

자기의 사고 방식이나 행동 양식을 남들에게도 따르라고 강요하는 것은 우리 인간이 극복해야 할 결점이다.

고정된 생각

"지금 나이가 어떻게 되십니까, 물라여?"

"마흔입니다."

"아니, 몇 해 전에 제가 나이를 물었을 때도 마흔이라고 하지 않으셨습니까?"

"예, 저는 항상 제가 말했던 것을 꼭 지키니까요!"

자신의 약속을 더 철저하게 지킬수록 우리는 더 강해진다. 다른 사람에게 영향을 미치고 싶다면 우리가 먼저 우리 자신을 믿어야 한다. 그리고 자신을 믿기 위해서는 자기가 한 말을 믿고, 또 말한 대로 행동해야 한다.

나스루딘이 어느 터키식 목욕탕에 갔을 때의 이야기다. 그의 허술한 옷차림을 보고 종업원들은 그를 대수롭지 않은 사람으로 여기고 그에게 는 비누 한 조각과 낡은 수건 한 장만을 건네줄 뿐이었다.

목욕을 마치고 나오면서 나스루딘은 종업원들에게 금화 한 닢씩을 주었다. 그리고 나스루딘은 그들의 소홀한 대접에 대해 한마디 불평도 않았다. 그들은 이해할 수가 없었다. 만약에 그를 좀더 잘 대해 주었더 라면 그가 좀더 많은 팁을 주었을까? 하는 의구심이 생겼다.

그 다음 주에 나스루딘은 다시 그 목욕탕을 찾았다. 물론 이번에는 왕과 같은 서비스를 받았다. 종업원들은 마사지에 향수를 뿌려주는 등 최고의 서비스를 받았다.

목욕탕을 나서면서 나스루딘은 그들에게 각각 가장 작은 동전을 쥐 어 주며 빙긋 웃었다.

"이것은 지난번의 대가이고, 지난번 그 금화는 이번의 대가였네."

자기의 맡은 일에 최선을 다하라. 그렇게 할 때 최선의 이익이 돌아올 것이다.

항상 오늘만을 위하여 일을 하는 습관을 만들어라. 내일은 저절로 찾아온다. 그리고 그와 동시에 새로운 내일의 힘도 찾아오는 것이다.

나스루딘이 우물 근처를 지나게 되었다. 그때 갑자기 그는 우물 안을 들여다보고 싶은 충동을 느꼈다. 밤중이었다. 그가 깊은 우물 속을 들여다보았을 때, 그곳에 비치는 달을 보게 되었다.

나스루딘은 중얼거렸다.

"내가 저 달을 구출해 주어야만 해! 그렇게 하면 달은 결코 일그러지지 않을 것이며 라마단의 단식은 결코 끝나지 않을 테니까."

나스루딘은 주변에서 밧줄을 발견하고는 그것을 우물 안으로 힘껏 던졌다. 그리고는 우물 속 달을 향해 소리쳤다.

"꽉 잡아라, 빛을 간직하고. 지금부터 긴급구조를 시작하겠으니!"

나스루딘이 던진 밧줄은 우물 안에 있는 어느 바위에 걸렸다. 나스루딘은 온힘을 다해 밧줄을 잡아당겼다. 그때였다. 갑자기 밧줄이 끊기는 듯한 느낌을 받으며 나스루딘이 나뒹굴어진 것은 순식간이었다. 나스루딘은 땅에 누운 채로 숨을 헐떡이며 하늘을 보았다. 그때 그는 달이 하늘 위로 올라가고 있는 것을 보았다.

"아주 확실하게 성공했어. 나의 뜻대로!"

낙관이란 근본적으로 인생은 좋은 것이요, 결국 인생 속에 있는 선이 악을 정복한다는 믿음에 근거한 철학이다. 또 그것은 모든 어려움, 모든 고통 속에서 어떤 좋은 것이 포함되어 있다는 것을 전제로 한다. 그리고 낙관자는 좋은 것을 찾는 사람을 의미한다. 진실로 신나게 인생을 산 사람들 중에서 마음속에 낙관이 없었던 사람은 단 한 사람도 없었다.

나스루딘은 집을 떠나 긴 여행길에 올랐다. 그가 어떤 마을에 들어섰을 때 사람들이 모두 급하게 시장을 향해 몰려가는 것이 보였다. 그는 지나가는 사람을 붙잡고 무슨 일이냐고 물었다.

"모르고 계십니까? 어느 성자가 메카로 순례를 하고 있는 중입니다. 벌써 수천이 넘는 사람들이 시장 저쪽에 모였습니다. 그가 바로 그곳에서 강의를 하고 있습니다."

나스루딘이 말했다.

"그거 흥미롭군요! 그 순례 행렬은 메카가 아닌 그에게로 이르겠군요."

손가락으로 달을 가리키되 달은 손가락에 있지 않고, 말로써 진리를 말하되 진리는 말에 있지 않다.

당신이 질문하는 게 이상합니다

나스루딘은 남의 채마밭에 들어가 잡히는 대로 채소를 뽑아 자루에 담고 있었다. 채마밭 주인이 그 현장을 목격하고 마구 달려오며 소리쳤다.

"도대체 여기서 뭘 하는 거요?"

"강풍에 날려왔습니다."

"누가 그 채소들을 뿌리째 뽑았습니까?"

"강풍에 날아가지 않기 위해 제가 단단히 무언가를 잡고는 있었죠."

"그런데 어떻게 해서 그 채소들이 당신 자루 안에 들어가 있습니까?"

"글쎄요. 당신이 나를 불렀을 때 내가 이상하게 생각했던 것도 바로 그 점입니다."

양심이 하라고 지시하는 것, 해서는 안 된다고 금하는 것, 이것이 피해야 할 지옥보다도, 또 구해야 할 천당보다도 큰 가르침이 된다.

항해 도중 거센 풍랑을 만나 배가 막 가라앉을 지경에 이르렀다. 그러자 내세를 위해 기도하라는 나스루딘의 경고를 비웃었던 승객들은 모두 무릎을 끓고 간절한 구원의 기도를 올리고 있었다. 그리고 만약 여기서 살아난다면 앞으로 자신들이 해야 할 일들을 엄숙하게 맹세하고 있었다.

그때 갑자기 나스루딘이 손을 가로저으며 소리쳤다.

"형제들이여, 침착하라! 지금까지 속세의 부와 함께 한 방탕함을 계속 유지하라. 그리고 지금 형제들이 한 언약을 빨리 취소하라. 나를 믿으라. 육지를 본 것 같다."

결정은 스스로 내리는 것이다. 다른 사람들이 기분이 상할 정도로 독불장군 행세를 할 필요는 없지만, 무엇보다도 자신에게 진실해야 한다. 스스로에게 어떤 일을 해도 좋다고 허락하는 것으로도 충분하다.

인간은 얼마만큼 어리석을 수 있을까?

나스루딘이 마을 공동 밀 창고에서 이웃의 밀을 자기 밀 단지로 쏟아 붓다 이웃사람들에게 발각되었다. 나스루딘은 곧장 재판관 앞으로 끌려가게 되었다. 재판관이 나스루딘에게 사실대로 진술하라고 명령하자,

"저는 어리석은 사람이라 내 단지에서 그들의 밀을 구별해낼 수 없습니다."

"그렇다면 왜 밀을 당신의 단지에서 그들의 단지로는 붓지 않았습니까?"

"아, 하지만 저는 그들의 단지에서 저의 밀을 구별해낼 수는 있습니다. 아직 그렇게까지 어리석지는 않으니까요!"

도리에 따라가게 되면 항상 마음에 여유가 생긴다. 욕심을 따라가게 되면 한편 자유스러워 보이나 항상 위험을 느끼게 된다.

원인과 결과

어느 날 저녁, 나스루딘은 아내와 싸움을 하게 되었다. 사납게 소리를 지르는 나스루딘을 피하여 그녀는 옆집으로 피했다. 나스루딘도 아내를 쫓아 옆집으로 갔다. 공교롭게 그들이 옆집에 갔을 때 마침 결혼 축하연이 벌어지고 있었다. 주인과 축하객들은 모두 그의 흥분을 가라앉히고 나스루딘 부부를 화해시킨 후, 함께 유쾌하게 즐겼다.

나스루딘은 아내에게 말했다.

"여보, 나라는 사람은 자주 마음의 평정을 잃어버리는 사람이라는 것을 기억해 주시오. 그것만 기억해 준다면 진실한 가치를 느낄 수 있을 것이오!"

갠 날 푸른 하늘이 갑자기 변하여 천둥 번개가 치기도 하며, 거센 바람, 억수 같은 비도 홀연히 밝은 달 맑은 하늘이 되나니 하늘의 움직임이 어찌 일정하겠는가. 털끝만한 응체(凝滯)로도 변화가 생기는 것이니 하늘의 모습도 어찌 변함이 없겠는가. 털끝만한 막힘으로도 변화가 생기는지라 사람의 마음 바탕도 또한 이와 같다.

그것을 막은 이유는 바로...

햇볕이 쨍쨍 내리쬐는 길을 걷노라니 나스루딘은 몹시도 목이 말랐다. 우물을 찾느라 사방을 두리번거리던 중 나무조각으로 막아 놓은 배수 파이프를 발견했다. 나스루딘은 급한 마음에 입으로 마개를 빼냈다. 그러자 관 속의 물이 세차게 솟구쳐 오르며 그를 공중에 내동댕이쳤다.

"오!"

나스루딘은 화가 나서 소리쳤다.

"그것을 막고 있었던 이유가 바로 이것이었군."

그것과 대면하라. 항상 그것과 대면하라. 그것이 바로 모든 문제를 해결하는 길이다. 그것과 대면하라! 그것은 누구나 할 수 있는 것이다!

범죄의 책임

어느 날 나스루딘과 그의 아내가 외출했다가 집에 돌아와 보니 도둑이 들어 값나가는 물건을 몽땅 털어가 버렸다. 아내가 말했다.

"이건 당신 잘못이에요. 당신은 집을 떠나기 전에 자물쇠가 채워져 있는지를 확인해야 했어요."

그때 이웃 사람 하나가 끼어들었다.

"창문을 잠그지 않았더군요!"

다른 사람이 말했다.

"이런 일이 있으리라고는 상상도 못 하셨습니까?"

또 다른 사람이 말했다.

"자물쇠가 망가져 있었는데도 당신은 바꾸지 않았습니다!"

나스루딘이 손을 번쩍 들고 말했다.

"잠깐! 왜 나만 책망을 받아야 합니까?"

그러자 사람들이 일제히 반문했다.

"그러면 누구를 책망하라는 겁니까?"

"도둑을 비난하는 건 어떨런지요?"

 책임과 권위는 동전의 양면과 같다. 권위가 없는 책임이란 있을 수 없으며, 책임이 따르지 않는 권위란 있을 수 없다.
무슨 일이 일어나더라도 책임은 모두 자신에게 있다는 사실을 명심하라.

물건의 묘사

아름답고 값비싼 터번을 잃어버린 나스루딘에게 어떤 사람이 물었다.

"아깝지 않습니까, 물라?"

"아니오, 저는 터번을 다시 되찾을 자신이 있습니다. 당신도 아시다시피 은화를 사례금으로 내걸었으니까요"

"하지만 발견한 사람이 그 터번을 내놓으려 하지 않을 것이 확실합니다. 사례금보다 백 배의 가치가 있는 것이니까요!"

"이미 그 생각도 했습니다. 그래서 실제와 다르게 터번은 색이 바래고 낡은 것이라고 발표를 했지요"

주운 것과 목숨을 내걸고 쟁취한 것의 값어치가 같을 수는 없다. 제아무리 값비싼 다이아몬드라 할지라도 인간이 가치를 부여하기 전에는 하나의 돌멩이에 불과했다. 어떤 물건의 가치라는 것도 인간의 마음이 정하는 정도에 따라 수시로 그 크기가 달라지는 것이다.

더 유용한 것

나스루딘은 찻집에서 열변을 토하고 있었다.

"달이 해보다 훨씬 쓸모가 많습니다."

"왜 그렇습니까, 물라?"

"우리가 불빛이 필요한 때는 낮보다는 밤이니까요."

 희미한 불빛이라도 우리가 진정으로 필요할 때 더 가치있게 느껴지는 법
이다. 배부른 다음에는 음식 맛의 유무를 구별하기 힘들다.

나스루딘과 그의 친구는 길을 가다 몹시 갈증을 느꼈다. 그래서 뭐라도 마시려고 찻집을 들어섰다. 그들은 우유 한 잔을 나눠 먹기로 하고 한 잔의 우유를 주문했다.

우유를 앞에 두고 친구가 말했다.

"자네가 먼저 반을 마시게. 나는 우유에 설탕을 좀 타서 마시거든. 설탕이 한 봉지 있는데 이것을 내 몫의 우유에 넣어서 마시겠네!"

그러자 나스루딘이 말하기를,

"지금 넣게, 오직 반만 마실 테니!"

"아닐세. 설탕을 넣어 달게 하려면 반 컵의 우유가 적당하네."

나스루딘은 말없이 찻집 주인에게 갔다가 돌아왔다. 그의 손에는 큰 꾸러미의 소금이 들려 있었다.

"좋은 방법이 있네, 친구. 동의한 대로 내가 먼저 마시겠네. 하지만 난 내 우유에 소금을 타서 마시고 싶네!"

사람들은 자신에게 유리한 일이면 즉시 실천한다. 하지만 자신에게 도움이 안 되는 일에는 굼벵이보다 더 느리다. 또한 자기 자신만을 위하여 사는 사람은 별로 행복한 사람이 아니다. 왜냐하면 일반적으로 말해서 그는 절대로 만족한 사람이 되거나, 멀리 갈 수가 없기 때문이다.

배우는 방법

나스루딘은 어느 작고 힘없어 보이는 소년에게 우물에 가서 물을 떠 오라고 시켰다.

"항아리를 깨지 않도록 주의해라!"

그는 소리쳤다. 그리고는 소년의 등을 세차게 한 대 때렸다. 이를 보고 있던 사람이 물었다.

"물라, 왜 아무 짓도 하지 않은 아이를 때리고 그러십니까?"

"참으로 어리석은 말을 하시는군요. 왜냐하면 이 아이가 항아리를 깨 버리고 난 후에 벌을 주면 너무 늦으니까 그렇지요. 안 그렇습니까?"

사실에 대처하기

어느 날 나스루딘이 집 앞에서 털썩 주저앉은 채 울고 있었다. 때마침 나스루딘의 집 앞을 지나가던 그의 절친한 친구가 그 모습을 보게 되었다.

"이보게, 무슨 일이 있는가? 왜 그러고 있는가?"

나스루딘은 자못 슬픔에 겨운 목소리로 대답했다.

"여보게, 난 지금 아주 슬프다네. 내 아내가 몹시 아프다네."

친구는 깜짝 놀라며 되물었다.

"아니 그래? 내가 전해 듣기론 자네 당나귀가 병들었다고 들었는데?"

나스루딘은 여전히 슬픔을 감추지 못한다는 표정이었다.

"그렇다네. 하지만 난 이제부터 작은 충격부터 익숙해지기로 했네."

"……음!"

어느 철학자가 사람들에게 강론을 하고 있었다.

"무엇이든지 모든 사람이 균등하게 공유하는 것이 유용한 것이다."

그의 말이 끝나자, 어떤 사람이 의심스럽다는 질문을 던졌다.

"그것이 실제로 가능할까요?"

철학자가 되물었다.

"물론 가능합니다. 그런데 당신은 그런 경우가 전혀 없었습니까?"

그때 나스루딘이 외쳤다.

"저는 있습니다! 저는 제 아내와 당나귀에게 공정하고 평등하게 대해 줍니다. 그들이 원하는 것을 정확히 줍니다."

그 철학자는 탄성을 지르며 물었다.

"훌륭하군요! 자, 여기 모인 사람들에게 말해 주시죠. 결과가 어떠한지를, 물라."

"그 결과는 좋은 당나귀라는 것과 나쁜 아내라는 것입니다."

시련을 극복하는 자에게 영광 있으리라. 신은 모든 사람을 시험하고 있다. 어떤 사람은 부에 의하여 시험을 당하며 그리고 다른 사람은 가난에 의하여 시험을 당한다. 부자에게는 그를 필요로 하는 궁핍한 사람에게 인색하지 않는가를 시험하며 그리고 가난한 사람에게는 그가 불평없이 자기의 고통을 간직하고 있는가를 시험한다.

“축하해 주십시오.”

나스루딘이 이웃 사람에게 말했다.

“제가 아버지가 되었습니다.”

“축하합니다! 사내아이입니까, 계집아이입니까?”

“아니! 그런데 그걸 어떻게 아셨습니까?”

아무리 큰 일도 아주 작은 일에서 시작되는 것이다. 바빌론의 웅장한 신전을 건축하는 일도 벽돌 한 장을 쌓는 일에서 비롯되었다.

동물 생각에 골똘해 있을 때

"물라! 당나귀를 잃어버린 안타까운 심정은 이해하네. 하지만 첫 부인을 잃었을 때보다 더 슬퍼할 필요는 없네."

"아, 그렇지만 자네도 생각해 보게. 내가 아내를 잃었을 때, 자네와 모든 마을 사람들은 나를 위로하며 말했었지. 나를 위해 다른 사람을 구해 주겠다고 말일세. 그렇지만 지금은, 어느 누구도 내 당나귀와 똑같은 것을 구해 주겠다고 말하는 사람이 없네."

기쁨을 타인과 나누면 기쁨은 두 배가 되고, 고뇌를 타인과 나누면 고뇌는 절반이 된다.

사람의 역할

나스루딘이 이웃사람에게 말했다.

"여보게, 자신의 채무를 처리할 수 없는 어느 불쌍한 사람의 빚을 갚으려고 돈을 모으고 있는 중이라네."

"그런가. 매우 좋은 일을 하는군."

이웃은 그를 칭찬하며 그에게 금화 한 닢을 주었다.

"그런데 그 사람이 누구인가?"

"바로, 나네!"

나스루딘의 말을 듣고 그는 어처구니가 없어 고개를 돌리고 말았다.

몇 주 후에 나스루딘은 다시 그 이웃 사람의 집을 찾아갔다.

"당신은 전에 빚을 갚으려고 돈을 구걸하던 바로 그 사람 같은데요?"

이웃은 냉소적으로 쏘아붙였다.

"예, 맞습니다."

"어떤 사람의 빚을 갚아 주려고 당신이 기부금을 구한다면서요?"

"그렇습니다."

"내가 생각하기에는 당신이 바로 그 채무자 같은데요?"

“이번에는 아닙니다.”

“그 말을 들으니 기쁘군요. 이 돈을 기부금으로 가져가시죠.”

나스루딘은 그 돈을 호주머니에 넣었다.

“그런데 한 가지 궁금한 게 있는데요, 물라.”

“이번엔 무엇이 당신의 인도주의적 감정을 부추겼습니까?”

“아,……그것은 바로 제가 채권자이기 때문이죠!”

자기 자신만 생각하고 모든 것을 자기의 이익에 귀착시키는 사람은 행복하게 살 수 없다. 진정으로 자신을 위해서 살려면 이웃을 위해서 살아야 한다.

어느 부자가 나스루딘과 함께 사냥을 하자며 나스루딘을 초대했다. 그런데 그 부자는 인심이 별로 좋지 않은 사람이었다. 사냥을 나가는데 나스루딘에게 제일 느린 말을 내주었다. 그러나 나스루딘은 아무 불평도 하지 않았다. 사람들은 곧 그를 앞질러 달렸고, 조금 후 그들은 보이지 않게 되었다.

그때 폭우가 내리기 시작했다. 비를 피할 오두막까지의 거리는 너무도 멀었고, 그 근처에는 비를 피할만한 나무도 보이지 않았다. 사냥꾼들은 모두 완전히 젖게 되었다. 그러나 나스루딘은 비가 오자 옷을 벗어 접어놓고 옷더미 위에 앉았다. 그리고 비가 그치자 곧 옷을 입고 점심을 먹기 위해 부자의 집으로 돌아갔다. 그가 어떻게 비에 젖지 않았는지 아무도 추측할 수 없었다. 그들이 탄 말이 훨씬 속도가 더 빨랐음에도 불구하고 오두막까지는 도착할 수 없었는데 말이다.

나스루딘이 말했다.

"당신이 제게 주셨던 말 덕분이었습니다."

그 다음 날에는 빨리 달리는 말이 그의 차지가 되었다. 물론 주인은 느린 말을 타고 갔다. 그런데 비가 또 내렸다. 말은 너무나 느렸고 주인은 어제보다 더욱 흠씬 젖게 되었다. 부자는 비틀거리는 말을 타고 축 처진 채 집에 도착했다. 나스루딘은 어제와 마찬가지로 말짱했다.

나스루딘이 젖지 않은 상태로 집에 돌아오자 주인이 소리지르는 것이었다.

"당신 탓이오! 당신이 꾀를 부려 이 거지 같은 말을 타게 만들어 내가 이 지경이 됐잖소."

나스루딘이 말했다.

"아마도 그건 당신이 비에 젖지 않으려는 노력을 전혀 하지 않았기 때문이 아닐까요?"

떨어지는 물방울이 돌에 구멍을 낸다. 승리의 여신은 노력을 사랑한다. 노력없는 인생은 수치 그 자체다. 어제의 불가능이 오늘의 가능성이 되며, 전 세기의 공상이 오늘의 현실로써 우리들의 눈앞에 출현하고 있다. 실로 무서운 것은 인간의 노력이다. 명예는 정직한 노력에 있음을 명심하자.

무엇이 사실인가?

어느 날 이웃 사람이 나스루딘을 찾아왔다.

"물라, 당신의 당나귀를 좀 빌려주십시오."

나스루딘은 말했다.

"그런데, 죄송하게 되었군요. 이미 다른 사람이 빌려 갔습니다."

나스루딘의 이야기가 끝나기도 전에 당나귀 울음소리가 또렷하게 들려왔다. 분명 나스루딘의 마구간에서 새어나오는 소리였다.

"아니, 물라! 당나귀 소리가 들리는데요? 바로 물라의 마구간 쪽에서요!"

나스루딘은 마구간 문을 막고 근엄하게 말했다.

"내 말보다 미물인 당나귀 울음소리를 믿는 사람에게는 어떠한 것도 나는 빌려줄 수 없습니다."

이면에는 뻔한 것이

매주 금요일만 되면 나스루딘은 훌륭한 당나귀를 데리고 도시의 시장에 내다 팔았다. 그가 팔아 넘기는 값은 항상 다른 상인들의 값보다 훨씬 밑돌아 다른 당나귀들의 값마저 떨어지게 만들었다.

어느 날 부유한 당나귀 상인이 그에게 다가왔다.

"물라, 난 당신의 행동을 이해할 수가 없소 나 역시 당나귀들을 가능한 한 싼값에 팔려고 하고 있소 내 하인들은 농부들에게서 사료를 공짜로 가져오며, 내 노예들은 당나귀들을 임금 없이 돌봐줍니다. 그런데도 당신의 가격에는 도저히 맞추질 못하고 있소"

나스루딘이 말했다.

"아주 간단합니다. 당신은 사료와 노예들의 땀을 훔치지만, 나는 당나귀를 훔치니까요"

당신은 당신의 양심에 따라 행동하도록 해야 한다.

한 이웃이 나스루딘을 찾아와 법률적인 시비를 따졌다.

"당신의 황소가 내 암소를 뿔로 받았소. 그럼 내가 어떠한 보상을 받아야 적당한 것입니까?"

"물론 받지 못합니다. 동물들끼리 한 짓을 어떻게 사람이 책임질 수 있겠습니까?"

"잠깐만요."

그 이웃은 꾀가 많은 사람이었다.

"질문을 다시 해야겠습니다. 사실은 내 황소가 당신의 암소를 찔렀습니다."

그러자 나스루딘은 지지 않고 천천히 말을 이어나갔다.

"그래요, 그거 흥미 있는 일인데요. 그런 선례가 있나 책을 찾아봐야만 하겠습니다. 왜냐하면 이 사건을 또 다른 각도에서 다룬 사례가 더 있을지도 모르니까요."

 모든 사람이 한결같이 싫어하더라도 세상의 여론을 믿지 말고 그 진상을 충분히 살펴야 한다. 또 모든 사람이 한결같이 좋다고 하더라도 그대로 믿지 말고 그 진상을 반드시 살펴야 한다. 윗사람은 대중이 좋아하고 싫어하는 것에 미혹되지 말고 진상을 잘 파악하여 판단을 그르치지 말아야 한다.

누구나 알고 있는 자명한 이치에 덧칠을 해 우쭐해 하는 사이비 철학자가 찻집에서 사람들을 모으고 있었다.

"인간은 얼마나 간사한가! 생각해 보라, 인간은 결코 만족해 하는 적이 없도다! 겨울에는 너무 춥다고 불평하고 여름에는 너무 덥다고 불평하는구나……."

모여든 사람들 대부분이 제대로 알아듣지도 못하면서 고개를 끄덕였다. 마치 그러한 중요한 사실을 다 이해했다는 듯이…….

나스루딘은 사람들의 방심을 일깨워주기 위해 말했다.

"당신은, 봄을 불평하는 사람이 없다는 것은 염두에 두지 않으셨습니까?"

괴로워하거나 불평하지 말라. 사소한 불평은 눈감아 버려라. 어떤 의미에서는 인생의 큰 불행까지도 감수하고 목적만을 향해 똑바로 전진하라.

진실에서 얼마나 적절히 멀어질 수 있을까?

나스루딘은 먹음직스럽게 생긴 오리 몇 마리가 작은 연못에서 노는 것을 발견했다. 그는 군침을 삼키며 오리들을 잡으려고 뛰어다녔지만 어찌나 빠른지 한 마리도 잡지 못했다. 그러자 나스루딘은 연못에 빵을 몇 조각 뿌리고는 그것을 먹기 시작했다.

그때 그 곁을 지나가던 사람이 물었다.

"물라, 지금 무엇을 하고 계십니까?"

나스루딘이 대답했다.

"난 지금 오리 수프를 먹고 있는 중입니다."

그대 무엇을 꾸미고자 하는가? 우리들은 먼저 허위의 탈을 벗어 던지지 않으면 안 된다. 진실은 허위를 벗어 던지면 저절로 나타나게 되어 있다. 따뜻한 봄이 오면 겨울옷을 벗어 던지듯이, 그대의 허위의 탈을 벗어 던져라. 진리를 얘기하는 자리에 장식은 필요없다.

마을 사람들의 요청으로 나스루딘이 치안판사를 맡게 되었다.

그런데 그의 첫 사건에서 원고가 너무나도 설득력 있게 변호를 해 그는 감탄하여 말했다.

"내가 생각하기엔 당신이 옳소!"

법정의 서기는 나스루딘에게 자제해 줄 것을 요청하였다. 피고인의 진술을 아직 들어보지 않았기 때문이었다. 곧이어 피고인의 진술이 이어졌다.

피고인 역시 어찌나 청산유수인지 나스루딘은 넋을 잃고 있다가 그 사람이 증언을 마치자마자,

"내가 생각하기엔 당신이 옳소!"

하고 외치는 것이었다.

법정의 서기는 곤혹스러움을 감추지 못하며 소리쳤다.

"판사님, 그들 둘 다 옳을 수는 없습니다."

나스루딘은 서기를 향해 말했다.

"내가 생각하기엔 당신도 옳소!"

깊이 생각하며 의연하고 성실히 살자. 자기 주장이 설사 세상의 일반적 관습이나 이념과 정반대 방향으로 나타날지라도 자기 소견의 발전을 두려워하지 말자. 처음부터 세상의 이해를 얻지 못할지라도 실망하지 말자. 머지 않아 그 고립도 끝날 때가 오기 때문이다. 얼마 안 가서 이해해주는 사람이 반드시 찾아오게 될 것이다. 왜냐하면, 어느 한 사람에게라도 어떤 사실이 참다운 진실로 믿겨진다면, 그것은 누구에게도 진실이기 때문이다.

그것은 당신처럼 보이도다!

나스루딘은 시장 한복판에 서서 사랑의 시를 암송하는데 푹 빠져 있었다.

"오 나의 사랑!
나의 온 정신이 당신을 감싸
내 눈앞에 나타나는 것은
모두 당신처럼 보이도다!"

어느 익살꾸러기가 소리쳤다.
"그렇다면 어느 바보가 당신의 시야에 들어온다면 그것은 무엇입니까?"
나스루딘은 멈추지 않고 마치 후렴구인 양 계속 외치는 것이었다.
"그것은 당신처럼 보이도다!"

가장 깊은 진리는 가장 깊은 사랑에 의해서만 열린다.
가장 위대하고 심오한 진리는 가장 단순하고 소박하다.
궁극적인 진리는 마음으로 체득되는 것이다.

낙타는 왜 날개가 없을까?

한가한 어느 날 오후, 나스루딘은 그의 아내와 이야기를 나누고 있었다.

"자연이 생성되고, 그 나름대로 살아가는 방법을 터득하고 있다는 사실을 다시 한번 깨닫고 더욱 놀라게 되었소. 그리고 이 지구상에 있는 모든 것들은 인류의 이익을 위해 계획된 어떤 비밀이 숨겨 있단 말이오!"

아내는 나스루딘의 말이 뜬구름처럼 들렸다. 아내는 대체 어떤 것이 그런지 쉽게 예를 들어주기를 바랐다.

"글세. ……예를 들어, 당신도 알 거야. 낙타들에게는 자비로운 신의 섭리에 의해 날개가 없다는 것을."

"어째서 그것이 우리를 돕는 것이죠?"

"모르겠소? 그것들에게 만약 날개가 있다면 지붕 꼭대기에 잠자리를 마련할 테고, 그러면 지붕은 망가지고 말 것이고, 그리고 그것들의 소음, 그것들이 씹어먹고 되새김질감을 쪼개다가 떨어뜨리는 부스러기들, 그 모든 폐단을 생각해 보란 말이오!"

 사람은 마음의 문을 열고 경이로운 세계를 관찰해야 한다. 과학이 없다면 우리는 미아에 불과한 것이다. 그리고 진짜 종교가 없다면 우리는 어리석은 바보에 불과한 것이다. 진짜 종교가 없다면 우리는 불행에 불행을 거듭할 뿐이다.

사닥다리 판매

나스루딘이 어느 집 담장을 사닥다리로 기어올라가서는 사닥다리를
그 집 정원 안으로 내리고 있었다. 그런데 때마침 주인이 나왔고, 주인
은 그를 붙잡아 무엇을 하고 있었는지 물었다.

나스루딘은 즉흥적으로 대답했다.

"사닥다리를 팔아 보려고 하는 중입니다."

주인이 말했다.

"바보 같은 사람! 정원에는 사닥다리를 팔 만한 장소가 없소"

그러나 나스루딘은 끝내 우기며 말했다.

"어리석은 사람은 바로 당신입니다. 사닥다리는 어느 곳에서든 잘 팔
릴 수 있다는 것을 모르니 말입니다."

 바보의 어리석은 행위는 악인의 사악한 행위보다 더욱 해롭다.

그것들은 모두 제 것입니다

동전 한푼 벌어오지 못하는 나스루딘에게 아내가 바가지를 긁어댔다. 나스루딘은 풀이 죽은 채 아내에게 말했다.

"어쩔 수가 없구려. 내가 할 수 있는 최고의 봉사는 이미 다 했소 그런데도……."

아내는 다그쳤다.

"그렇다면, 적절한 임금을 달라고 요구하세요 모든 고용인들은 대가를 받아야만 하는 거라구요!"

나스루딘은 아내의 말이 백번 옳다고 생각했다.

"그렇지만 쉽게 지불될 것 같지 않소! 이제까지 요구해 본 적이 없었으니까."

아내가 버럭 소리를 질렀다.

"하지만, 이번에는 가서 요구해야만 해요!"

아내에게 쫓기듯 집을 나온 나스루딘은 정원으로 가서 무릎을 끓고 외쳤다.

"오, 알라시여! 제게 금화 백 냥을 내려주십시오 그동안 제가 한 봉

사는 최소한 그 정도의 가치는 있는 것입니다.”

옆집엔 고리대금업자가 살고 있었는데 나스루딘의 말을 듣고는 놀리고 싶다는 생각이 들었다. 그래서 금화 백 냥이 든 가방을 창문 아래 나스루딘 정원으로 던졌다.

나스루딘은 그 돈 가방을 신에게 선물을 받은 것처럼 조심스럽게 들고 일어섰다. 그리고 그 돈을 아내에게 가져다주고는 말했다.

“내가 성자라는 것을 신이 인정하셨오 여기 그동안 미불된 돈이 있소!”

아내는 감동 어린 표정으로 나스루딘을 바라보았다.

그 뒤 나스루딘의 집으로 계속해서 음식이며, 옷가지며, 가구들이 배달되는 기이한 일이 일어났다.

얼마 후 옆집의 고리대금업자가 나스루딘을 찾아왔다. 당연히 나스루딘에게 던졌던 돈 가방을 돌려받기 위해서였다. 나스루딘은 단호하게 고리대금업자에게 말했다.

“내가 알라에게 기도하여 돈을 요구하는 것을 엿듣고, 그 돈이 당신 것인 체하는군요? 나는 절대로 그 돈을 당신에게 줄 수 없소”

고리대금업자는 낭패해하며 나스루딘과 즉결재판 법정에 가자고 말했다. 나스루딘이 말했다.

“이런 차림으로 갈 수는 없겠는데요 나는 마땅한 옷도 없고 말도 없습니다. 만약 우리가 재판관 앞에 함께 나타난다면, 내 초라한 외모 때문에 당신의 체면에 해가 될 것입니다.”

이웃 사람은 그의 외투를 벗어 나스루딘에게 주었다. 그리고 나서 나스루딘을 자신의 말에 올라타게 했다. 그리고 재판관 앞으로 갔다.

먼저 고리대금업자가 억울한 자기 처지를 재판관에게 하소연하였다.
들고 난 판사가 나스루딘에게 물었다.

"변명할 말이 있소?"

"제 이웃 사람은 제 정신이 아닙니다."

"그렇다는 무슨 증거라도 가지고 있소, 물라?"

"저 사람의 입을 통해서 직접 듣는 것보다 더 나은 것이 있겠습니까?
그는 모든 것이 자신의 것이라고 생각하고 있습니다. 그에게 저의 말과
지금 입고 있는 제 외투가 누구 것이냐고 물어 보십시오 틀림없이 자기
것이라고 우겨댈 것입니다. 집에 있는 제 금화는 말할 것도 없구요"

고리대금업자는 나스루딘의 진술을 듣자마자 흥분하여 마구 소리를
질렀다.

"재판관님, 그렇지만 그것들은 모두 제 것입니다! 저자가 거짓말을
하고 있습니다."

재판관은 고리대금업자의 정신이 어느 정도라는 걸 이해하겠다는 듯
이 고개를 끄덕이며 나스루딘을 바라보았다. 사건은 그 자리에서 기각
되고 말았다.

완벽하게 거짓을 꾸며낼 수는 있지만, 끝까지 그것을 관철시킬 수는 없다.
거짓말은 무게가 없기 때문에 달아보면 꼼짝없이 들통나게 되어 있다.

나스루딘은 찻집 테라스에 앉아 시간을 보내는 걸 즐기곤 하였다. 어느 날 한 작은 소년이 뛰어가다 그의 모자를 건드려 떨어뜨렸다. 나스루딘은 개의치 않았다. 며칠 동안 계속해서 똑같은 일이 반복되었다. 그런데 그 소년은 나스루딘에게만 그러는 것이 아니었다. 온 마을 사람이 모자를 주워 다시 써야만 했다.

어떤 사람이 묻기를 왜 그 소년을 붙잡아서 벌을 주지 않는지, 아니면 다른 사람에게라도 벌을 주라고 시키지 않느냐고 물었다.

나스루딘이 대답했다.

"지금으로서는 소년의 버릇을 고칠 수 없습니다. 좀 기다려볼 밖에요."

며칠이 지난 어느 늦은 시간 나스루딘은 찻집을 찾았다. 그가 즐겨 앉아있던 자리는 험상궂게 생긴 병사가 먼저 차지하고 있었다.

그때였다. 그 소년이 또 나타났다. 소년은 버릇을 참을 수 없어 그 험상궂게 생긴 병사의 털모자를 건드려 떨어뜨렸다. 아무 말 없이 그 병사는 소년의 팔목을 꽉 잡았다. 그리고 칼을 꺼내더니 그 소년의 머리 근

처로 가져갔다. 소년은 울음을 터뜨렸으나 병사는 개의치 않고 소년의
머리카락 한줌을 칼로 잘라내 바닥에 뿌렸다. 그리고 나서 자기 자리로
다시 돌아와 앉는 것이었다.

나스루딘은 그제서야 전에 의문을 표시했던 그 사람에게 말했다.

"내가 말했던 것이 무슨 뜻인지 알겠소"

시간은 진리의 아버지이다. 지금 우리들이 원하고 있으면서도 실현할 수
없는 일이라도 시간은 그것을 실현할 방법을 우리들의 자손에게 가르쳐
줄 것이다.

요가 수행자, 신부, 그리고 수피

나스루딘은 수피의 예복을 입고 경건한 여행을 떠났다. 여행 도중 그는 어느 신부 한 사람과 요가 수행자 한 사람을 만났다. 그 일행이 어느 마을에 도착하게 되었을 때, 다른 두 사람이 나스루딘에게 자신들이 설교하는 동안 기부금을 모아줄 것을 부탁했다. 나스루딘은 그러겠다고 하고 약간의 기부금을 모아 그것으로 할와를 샀다.

나스루딘이 할와를 셋이서 나누자고 제안하자 아직 배가 고프지 않았던 두 사람은 밤까지 연기하자고 하였다. 밤이 되자 나스루딘이 우선권을 요구했다.

"왜냐하면 내가 그 음식을 마련했으니까요."

신부는 적당히 단련된 성직자들의 신체에 대해 설명하면서, 요가 수행자는 자신은 삼 일에 한 번만 식사를 한다면서 우선권을 주장하였다. 하는 수 없이 그들은 잠을 자고 아침에 일어나 가장 좋은 꿈을 꾼 사람에게 우선권을 주기로 약속했다.

아침이 되자 신부가 말했다.

"꿈에 나는 내 종교의 창시자를 보았습니다. 그리고 그 분은 특히 나를 선발하였고, 축복의 징표를 만들어 주었습니다."

두 사람은 감동했다. 곧이어 요가 수행자가 말했다.

"나는 니르바나를 방문해 완전한 무에 몰두하는 꿈을 꿨습니다."

다음은 나스루딘의 차례였다.

"나는 수피 선생님인 키드르를 뵈었습니다. 그는 신성한 모습으로 나타나 내게 말씀하셨습니다. '나스루딘! 그 할와를 먹어라, 당장!' 물론 나는 그분의 말에 복종해야만 했습니다."

 '나는 기억한다'는 게임이 있는데, 그 게임은 다른 어떤 게임보다도 어려운 게임이다. 왜냐하면 아무리 단순하고 간단한 것이라도 시간이 흐르면 잊기 마련인 까닭이다.

 게임의 방법은 이렇다. 먼저 두 사람이 '나는 기억한다'라는 게임을 하기로 약속한다. 그러면 그때부터 둘 중 한 사람은 상대에게 아무것도 줄 수 없다. 그리고 받는 자신도 물건을 받을 때마다 '나는 기억한다'라는 말을 반드시 해야만 한다. '나는 기억한다'는 말을 잊고 그냥 물건을 받거나, 혹은 상대에게 무엇가를 무심결에 집어주면 그걸로 게임에서 지는 것이 되고, 벌칙을 받아야 하는 것이다.

 나스루딘은 아내와 '나는 기억한다'는 게임을 하기로 하였다. 나스루딘이 물건을 집어주는 쪽이었는데 시간이 지날수록 체면이 말이 아니었다. 아내 역시 게임이 오래 지속될수록 신경이 날카로워져만 갔다. 결국엔 거의 이성을 잃어버릴 지경이 되었다.

 더 이상 참을 수 없었던 나스루딘이 한 가지 꾀를 생각해 냈다. 메카로 순례의 길을 떠남으로서 게임에서 벗어나기로 작정한 것이다.

나스루딘은 몇 달 뒤 순례를 마치고 돌아오면서 아내에게 줄 선물 하나를 준비했다. 그리고 더불어 게임에서 승리할 것을 확신하였다. 아내는 대문 밖까지 나와 그를 맞이했다.

그런데 아내의 품에는 비단으로 돌돌 말린 무언가가 있었다.

"저것을 받지 말아야지."

물라는 혼잣말을 하였다. 그러나 그가 아내 쪽으로 몇 걸음 다가서자 아내가 말했다.

"당신의 아들이에요."

나스루딘은 기쁨을 감추지 못하고 아이를 받아 안았다. 그는 너무나 흥분한 나머지 '나는 기억한다'라는 게임은 아예 잊어버렸다.

어떤 것이 더 소중한가. 때로 꼭 지켜야할 언약보다 더 중대한 것을 종종 경험하게 된다. 더 소중한 것을 따르는 것을 잘못이라 말할 수는 없을 것이다.

철학자들의 반박

　　많은 철학자들이 함께 동맹을 맺고는 현자들과 지적인 논쟁을 하기 위해 이 나라 저 나라를 떠돌고 있었다. 그들은 드디어 나스루딘의 마을에 도착했고, 그 지방의 영주는 나스루딘을 그들과 대결시키기 위해서 불러들였다.

　　나스루딘 스스로도 그런 일이라면 마다하지 않았을 것이다. 장관이 말했다.

　　"물라, 당신이 그들의 방법을 미리 어느 정도 알 수 있도록 우선 그 철학자들과 맞섰던 사람들을 한번 만나는 것이 좋겠소"

　　그러나 나스루딘은 거절했다.

　　"아닙니다. 제가 그들이 생각하는 방법을 모르는 편이 더 좋을 것입니다. 저는 그들처럼 생각하지 않습니다. 그리고 그들의 부자연스러움에 감동되지도 않을 것이기 때문입니다."

　　논쟁은 성의 큰 홀에서 수많은 사람들이 모인 가운데 벌어졌다.

　　첫 번째 철학자가 앞으로 나서며 물라에게 물었다.

　　"지구의 중앙은 어디입니까?"

물라는 펜으로 가리켰다.

"지구의 한가운데는 저쪽에 있는 내 당나귀 발 밑 지점입니다."

"어떻게 그것을 증명할 수 있습니까?"

"그렇다면 반대로 당신이 아니라는 반증을 해보십시오. 눈금 있는 테이프를 이 사람에게 갖다 주십시오."

두 번째 철학자가 말했다.

"하늘에는 별이 몇 개나 있습니까?"

나스루딘은 곧 대답했다.

"정확히 제 당나귀 털의 숫자와 같습니다. 이것이 믿어지지 않는 분은 양쪽 다 세어 보십시오."

세 번째 철학자가 물었다.

"인간의 지각 수단은 몇 개입니까?"

나스루딘이 말했다.

"하나도 어려운 문제가 아니군요. 당신 턱수염의 털 숫자와 같습니다. 당신이 원하신다면 그 털들을 잡아뜯어 하나하나 보여 드리겠습니다."

나스루딘은 계속 이야기했다.

"또한 그것들은 내 당나귀 꼬리털의 숫자와 같습니다."

나스루딘의 답변이 끝나자 철학자들은 함께 의논을 하지 않을 수 없었다. 그리고 자신들이 했던 질문은 논리적이거나 정확한 양에 관한 증명이 불가능하다는 결론을 내렸다. 한 사람이 화해를 청함과 동시에 그들은 스스로 나스루딘의 제자가 되기를 청했다.

귀담아듣고 주의하고 말을 많이 하지 않으며 질문을 받더라도 짧게 대답하라. 혹시 질문받은 것을 모른다 하더라도 부끄럽게 여기지 말며 논쟁을 위한 논쟁에 끼어들지도 말며 자랑도 하지 말라.

다른 것을 물어 보시오

'경험이 별로 없는 대부분의 사람들에 의하면……' 나스루딘은 길을 걸으며 명상을 하고 있었다. '……탁발승들은 미쳤다고 한다. 그렇지만 현자들의 말에 의하면 그들이 세상의 진정한 스승이라고 한다. 그렇다면 나는 어떤 의견이 옳은지 실제로 탁발승을 만나 시험을 해보고 싶다. 그것이 올바른 판단이겠지……'

나스루딘이 마음속으로 그런 작정을 하자마자 공교롭게도 큰 키의 탁발승 하나가 맞은편에서 걸어오는 것이 아닌가. 나스루딘을 그 자리에 서서 기다리고 있다가 그의 앞을 가로막았다.

"친구여, 나는 어떤 시험을 하나 해보고 싶소. 당신의 투시력을 내게 보여줄 수 없겠소."

탁발승은 순순히 승낙했다.

"좋소."

순간 나스루딘은 공중으로 팔을 휘두른 다음 재빨리 주먹을 움켜쥐었다. 그리고는,

"내 손 안에 무엇이 있습니까?"

탁발승은 여유있게 대답했다.

"한 마리의 말, 사륜마차, 그리고 마부가 있군요."

나스루딘은 성미가 급한 사람이었다.

"이건 진짜 테스트가 아니었소. 무효요. 당신은 내가 그것들을 고르는 것을 지켜보았으니까 말이오."

배움의 대가

나스루딘은 무언가 새로운 것을 배워 돈벌이를 해보려고 결심했다.
그리고 그는 유명한 악사를 찾아갔다.

"류트^{※)}를 배우려면 얼마를 지불해야 합니까?"

"첫번째 달에는 은화 세 닢을, 그 후에는 한 달에 은화 한 닢을 받습
니다."

나스루딘은 흔쾌히 외치며 돌아섰다.

"좋습니다! 그럼 두 번째 달부터 시작하겠습니다."

※) 류트(lute) : 16세기 경 유럽을 중심으로 유행했던 악기. 만돌린보다 약간
  크며, 도주나 합주용으로 쓰였다.

어떤 보상

이슬람 법률에 따르면 백성들은 궁정에 자유롭게 출입할 권리가 있어 왔지만 현실은 그렇지 못하였다. 나스루딘은 나라 안의 많은 어려움들을 해결하고 나서야 겨우겨우 왕을 만날 수 있었다. 나스루딘이 왕에게 그간 자신의 성과를 고하자 왕은 크게 만족스러워 했다.

왕이 말했다.

"물라여, 그대가 원하는 것이 무엇인지 말해 보라!"

"채찍질 오십대입니다."

왕은 어리둥절해 하면서도 그의 소원을 들어주지 않을 수 없었다.

스물다섯 번째의 채찍질이 막 끝나자 나스루딘이 소리쳤다.

"그만! 자, 이제는 궁정 출입관리인을 데려와서 그에게 나머지 절반의 상을 주도록 하십시오 제가 받을 상의 절반을 그에게 줄 것을 맹세하지 않았다면, 그는 제가 폐하를 뵙는 것을 허락하지 않았을 것입니다."

씨를 뿌리면 거둬들이기 마련이다. 남을 때리면 당신도 고통을 겪어야 한다. 남을 도우면 도움을 받을 것이다.

큰 죄는 단번에 저질러지는 것이 아니다. 그것은 이전에 범했던 죄와 관련되어 있는 것이다.

영적 스승

　동쪽의 먼 마을 아샤르크에 사는 한 늙은 수도승이 나스루딘의 마을을 지나게 되었다. 그의 철학적 해석은 심오하다는 소문이었다. 때문에 그 현자라면 인생의 진정한 의미를 알려줄 수 있을 것이라고 마을 사람들은 생각했다.

　마을 사람들과 함께 나스루딘도 잠시 그의 이야기에 귀를 기울였다. 그런데 그 현자는 자신의 학식을 은연중 자랑할 뿐이지 도움이 될만한 말은 별로 없었다. 나스루딘은 참을 수 없어 현자의 말을 끊으며 끼여들었다.

　"저도 긴 여행에서 당신이 겪었던 경험과 똑같은 경험을 했습니다. 저 역시 방랑하면서 진리를 추구하는 철학자입니다."

　나스루딘은 계속해서 말을 이어나갔다.

　"저는 쿠르디스탄 전역을 두루 돌아다녔습니다. 저는 가는 곳마다 항상 환영을 받았습니다. 저는 부자들이 묵는 숙소에서 무료로 묵었고, 찻집에서는 음식을 무료로 대접했습니다. 어딜 가든 사람들은 나의 이야기에 감동을 받았습니다."

수도승은 나스루딘의 기나긴 자랑을 참을성 있게 다 들어주고는 퉁명스럽게 물었다.

“아무도 당신이 말했던 것에 대해 반대하는 사람은 없었습니까?”

“아, 있었습니다. 한 번은 기습을 당했었습니다. 일단의 무리들이 나를 나무 그루터기에 앉히고는 마을 밖으로 가버렸습니다.”

“그들이 왜 그렇게 했습니까?”

“글쎄요, 당신도 비슷한 경험을 하셨겠지만 거기 있는 사람들은 나처럼 터키어를 사용하고 있었습니다.”

“그러면 당신을 환영했던 사람들은 무슨 말을 사용했습니까?”

“아, 그들은 쿠르드인들로 당연히 쿠르드어를 사용하고 있었습니다. 나는 쿠르드어를 전혀 모르지만 그들과 함께 있는 동안이 훨씬 편안했습니다.”

제자들에게 둘러싸여 사원의 그늘을 거니는 스승은 제자들에게 신념과 사랑을 줄 수는 있어도 지혜를 줄 수는 없다. 그 스승이 참으로 현명하다면 자기의 지혜의 집으로 들어오라고 명령하지는 않으리라. 그보다는 제자들에게 그들 자신의 마음의 문으로 들어가라고 인도할 것이다.

뜨거운 스프와 차가운 손

어떤 남자가 나스루딘이 아주 현명하다는 말을 듣고서 그를 만나기 위해 여행할 결심을 했다. '그런 현자에게서라면 무언가를 배울 수 있겠지'하고 그는 생각했다.

오래고 피곤한 여행을 한 끝에 그는 나스루딘의 조그마한 집에 도착했다. 창문을 통해서 그는 나스루딘이 희미한 불빛 옆에서 양손을 모아 바람을 불어넣고 있는 것을 보았다. 들어오라는 허락이 내려졌고, 그는 들어서자마자 나스루딘에게 무엇을 하고 있었는지 물었다.

"내 입김으로 손을 데우고 있었네."

나스루딘은 더 이상 이야기를 하지 않았다. 그러자 그 남자는 나스루딘이 침묵으로 자신에게 어떠한 지혜를 가르친다고 생각했다. 이윽고 나스루딘의 부인이 묽은 수프 두 사발을 가져왔다. 나스루딘은 재빨리 그 묽은 수프에 바람을 불어넣기 시작했다.

"이제 무엇인가를 배우게 될 거야."

남자는 중얼거렸다. 그리고 조심스럽게 나스루딘에게 물었다.

"선생님 뭘 하시는 것입니까?"

"내 입김으로 수프에 바람을 불어넣어 차게 식히고 있다네."

'저 사람은 의심할 여지없이 사기꾼이고 거짓말쟁이구나. 처음엔 뜨겁게 한다고 바람을 불어넣고 이번엔 차갑게 식힌다고 바람을 불어넣고 있으니, 쳇.' 그 남자는 배우기를 단념하고 집으로 돌아갈 것을 결심했다.

산길을 따라 집으로 돌아오면서 그가 혼잣말을 했다.

"하지만 결코 시간을 낭비한 것만은 아니야. 왜냐하면 최소한 나스루딘이 현자가 아니라는 것은 확실히 알았으니까 말이야."

과학자와 논리학자, 그리고 나스루딘이 만났다. 그들은 함께 길을 걸으면서 말다툼을 하고 있었다. 어쩌다 보니 나스루딘이 궁지에 몰렸다.

과학자가 말하기를,

"내가 직접 실험을 하지 않거나 내 눈으로 직접 보지 않는다면, 나는 존재로서 어떠한 것도 받아들일 수 없습니다."

논리학자가 말했다.

"나는 논리적으로 그것을 깨닫지 않으면 어느 것도 받아들일 수 없습니다."

갑자기 나스루딘은 무릎을 꿇었다. 그리고 길옆의 호수에 무엇인가를 붓기 시작했다.

나머지 둘은 동시에 물었다.

"뭘 하시는 거지요?"

"요구르트를 우유에 넣었을 때 요구르트가 얼마만큼 증가하는지 아십니까? 그것을 알려고 이 물에 요구르트를 넣고 있는 중입니다."

"그렇지만 그렇게 해서는 절대 알 수가 없습니다!"

"나도 알고 있습니다, 알아요……. 하지만 추측할 수 있다면……!"

위대한 과학자는 자신의 탐구에서 아무런 목적도 갖지 않는다. 만일 그가 단지 결과만을 추구하고 있다면, 그는 더 이상 과학자가 아니다. 우리의 생각하는 행동도 이와 마찬가지이다.

쓸모없는 말이란······

이웃의 젊은이가 쿠르드어를 배우고 싶다고 하자 나스루딘은 그에게 쿠르드어를 가르쳐 주겠다고 했다. 하지만 나스루딘이 알고 있는 쿠르드어는 단어 몇 개에 불과했다.

물라가 말했다.

"뜨거운 수프에 해당하는 단어부터 시작하세. 쿠르드 말로는 아쉬라고 하네."

"발음이 어렵군요, 물라! 그러면 차가운 수프는 어떻게 말하지요?"

"차가운 수프라는 말은 알 필요가 없네. 쿠르드 사람들은 뜨거운 수프를 좋아하니까."

지혜로운 사람이라 하더라도 천 가지 생각 중에 한 가지 모자라는 점이 있고 어리석은 사람이라도 천 가지 생각 중에 한 가지 쓸모가 있는 점이 있는 것이다.

일문일답

"몰라, 당신은 왜 언제나 어떤 질문에 대해서 답을 하시기 전에 또
다른 질문을 하십니까?"
"제가 그렇습니까?"

토론을 할 때에는 상대방의 말에 귀를 기울이고 행동할 때는 당신의 행동
에 주시해야 한다. 그리고 토론을 할 때는 그것이 어떤 목적에 관계되는
것인지를 즉시 깨달아야 하고 행동할 때는 그 행동이 어떤 의미를 가졌는
지 조심스럽게 지켜봐야 한다.

한 신학자가 병이 들었다. 그는 나스루딘의 명성을 들어왔던 터라 무언가 도움을 줄 수 있을 것이라고 확신을 했다. 그래서 나스루딘을 찾아와 간청했다.

"나를 다른 세계로 편안하게 인도해 줄 수 있는 기도를 해주시오, 물라. 당신은 다른 세계와도 의사소통을 한다고 명성이 나 있지 않소"

나스루딘이 말했다.

"기꺼이 해드리죠. 자, 하나님께서 당신을 도와주시기를……. 또한, 사탄이 당신을 도와주시기를!"

그 신학자는 자신이 병들었다는 사실도 잊을 만큼 분개한 채 벌떡 일어섰다.

"물라, 당신 제 정신이 아니군요!"

"아닙니다. 당신이 지금 일어선 것을 잊지 않는다면 당신의 문제는 해결될 것입니다. 물론 병도요"

 인간의 정신은 육체와 함께 아주 소멸해 버리는 것이 아니다. 정신만은 영
원히 그 무엇으로 남는 것이다.

진실의 가치

"여러분들이 진실을 원한다면……,"
나스루딘이 가르침을 듣기 위해 온 구도자들에게 강의를 했다.
"그것의 값을 지불해야 할 것입니다."
그러자 무리들 중 한 사람이 물었다.
"왜 진실과 같은 절대적인 것의 값을 치러야 한다는 것입니까?"
"당신은 진실의 참뜻을 결정하는 희귀함에 대해서는 생각해보지 않았습니까?"

학자에게 돈을 주라. 그들이 더욱더 연구할 수 있도록. 구도자에게는 아무것도 주지 말아라. 그들이 구도자로 남아 있도록.

무엇이라고 생각하십니까?

어느 익살꾸러기가 나스루딘을 만났다. 그의 주머니에는 달걀 하나가 들어 있었다.

"짐작해서 알아 맞추는 게임을 좋아하십니까, 물라?"

나스루딘이 말했다.

"싫지는 않습니다."

"좋아요, 그럼 제 주머니에 무엇이 들어 있는지 맞춰 보세요"

"힌트를 좀 주십시오"

"이것은 계란 모양을 하고 있고 노란색입니다. 안쪽은 흰색이고 마치 계란처럼 생겼습니다."

나스루딘이 대답했다.

"아, 케익의 일종이군요"

"?"

상인

　한 부유한 상인이 나스루딘이 살고 있는 마을에 머무르게 되었다. 그는 대단히 인색한 사람이었지만 사람들은 그에게 존경을 표시하였다.

　나스루딘이 어떤 사람에게 물어보았다.

　"왜, 그가 자나갈 때마다 그에게 인사를 합니까?"

　"모르고 계십니까? 그는 상인입니다. 그것만으로도 이유가 되지 않습니까? 게다가, 우리는 그가 언젠가는 우리에게 무엇인가를 줄 것이라고 생각하고 있습니다."

　그 상인이 떠나고 난 일주일 후, 나스루딘은 시장으로 갔다. 그는 한 노점에서 수박 열두 통을 사서는 그것들을 옆의 상점에다 팔았다. 물론 그 거래는 실패했다.

　그러고도 다른 몇 가지 물건을 같은 방법으로 사고 팔기를 반복했다. 밑천이 바닥을 드러낼 때쯤 나스루딘은 부근의 상점을 둘러보고 나서 찻집으로 갔다. 나스루딘은 들뜬 마음으로 생크림을 곁들인 분홍빛 차와 먹을 것을 주문했다.

　이윽고 찻집에는 사람들이 가득 찼고, 사람들은 나스루딘에게 무슨 일이 있었는지를 알고 싶어했다. 누군가가 그에게 물어 보았다.

"물라, 왜 물건들을 사다가 값에 상관없이 다시 파십니까?"

나스루딘은 화가 나서 소리쳤다.

"감히 어떻게 내게 질문을 하는가! 나는 상인이오 그것으로 충분하지 않소? 그리고 자네에게도 언젠가는 무엇인가를 줄 것이오!"

나스루딘에 대한 소문은 무성했다. 그는 보통 사람들과는 다른 방법으로 생계를 유지해 간다는 소문도 있었다. 그래서 어느 날 한 젊은이는 그가 어떻게 생활해 가는지, 그리고 그에게서 무엇인가 배울 점이 있는지 알아보기 위해서 그를 관찰하기로 했다.

그 젊은이는 강둑으로 가는 나스루딘을 뒤따라갔다. 그리고 나스루딘이 어떤 나무 아래에 앉는 것을 보았다. 나스루딘은 갑자기 손을 뻗더니 나무 안에서 케익을 하나 꺼내 그 케익을 먹는 것이었다. 나스루딘은 이런 행동을 세 번이나 반복했다. 그러고 나서 다시 손을 넣어 잔 하나를 잡아내서는 무언가를 마시는 것이었다.

젊은이는 자신이 본 광경을 믿을 수가 없었다. 그래서 나스루딘에게 급히 달려가 그를 잡았다.

"제게 가르쳐 주십시오. 어떻게 이런 놀라운 일이 있을 수 있습니까? 당신이 시키는 일이면 무엇이든 하겠습니다."

"가르쳐 주겠네. 그러나 우선은 마음 상태가 올바라야 하네. 그러고 나면 시간과 공간은 아무런 의미가 없는 것이 되네. 그러면 자네는 과제를 얻기 위해서 술탄의 시종에게 갈 수 있게 된다네. 그러나 단 한 가지 조건이 있네.”

“말씀해 보십시오!”

“자네는 나의 방법을 따라야 하네.”

“기꺼이 하겠습니다.”

“나는 자네에게 오직 한 번에 한 가지만 말할 수 있다네. 자네는 쉬운 것을 택하겠나, 아니면 어려운 것을 택하겠나?”

“어려운 것을 택하겠습니다.”

“바로 그것이 자네의 첫 번째 실수네. 자네는 쉬운 것부터 시작해야 했는데 말일세. 그렇지만 이젠 할 수 없지, 자네가 선택한 것이니까. 어려운 것이란 이것일세. 자네 집의 닭들이 이웃집 정원 안으로 들어가서 먹이를 쪼아먹을 수 있도록 담의 구멍을 뚫어 주게. 충분한 크기로 뚫어 주게. 그렇지만 동시에 이웃집 닭들이 자네의 정원에 들어와서 모이를 먹지 못할 정도로 그 구멍은 작아야 한다네.”

그 젊은이는 정말로 이해할 수 없었다. 결국 그는 나스루딘의 제자가 될 수 없었다. 그 젊은이가 사람들에게 나스루딘이 자기에게 내준 문제에 대해 말했을 때, 사람들은 그가 미쳤다고 생각했다.

그때, 나스루딘이 말했다.

“이것은 좋은 출발이 될 걸세. 언젠가 자네는 스승을 발견하게 될 테니까.”

그 생각으로 달아나려 하지 말라

나스루딘이 조용히 당나귀를 타고 길을 가고 있었다. 그때 갑자기 당나귀가 앞다리를 치켜드는 바람에 나스루딘은 바닥에 나뒹굴고 말았다. 어린 소년들이 주위에서 놀고 있다가 그 광경을 보고 깔깔거리며 웃어댔다. 그들이 웃음을 멈추자 나스루딘은 아무렇지도 않은 듯 일어서서 위엄 있게 터번을 바로잡으며 말하기를,

"그런데 너희들이 왜 웃고 있다고 생각하느냐?"

그들은 그 기억을 떠올리고는 깔깔거리면서 말했다.

"아주 멋진 광경이었어요. 물라가 그렇게 당나귀에서 떨어지다니요."

"너희들은 생각해 보지도 않았구나. 내가 넘어지는 데에는 어떤 까닭이 있을지도 모른다는 것을……."

사람들은 다 자기 생각 안에서만 현상을 이해하려 한다.

사원 첨탑에서 기도를 선창하던 나스루딘이 급히 밖으로 달려나가는 것이었다.

누군가가 소리쳤다.

"어디로 가십니까, 물라?"

나스루딘은 돌아보며 소리쳤다.

"이것은 이제까지 내가 한 말 중에서 가장 진실된 소리였소. 그래서 그 소리가 얼마나 먼 거리까지 들릴 수 있는지 알아보기 위해 될 수 있는 한 멀리 가보려고 하오."

진리는 램프와 같은 것이다. 진리는 그것이 아무리 작더라도 커다란 공포에서 우리를 건져낼 수 있다. 그것은 부정의 측면으로는 극복될 수 없다. 진리는 적극적이다. 그것은 영혼의 증언이다. 만일 진리가 조금이라도 일어나기만 하면 그것은 부정의 핵심을 공격하면서 이를 완전히 압도해 버린다.

무엇이 꼭 이루어져야만 한다

어느날 한 농부가 나스루딘을 찾아와 그의 올리브 열매가 그 해에 열릴지 안 열릴지를 물었다. 물라가 대답했다.

"열릴 것입니다."

"어떻게 아십니까?"

"나는 단지 그냥 알 뿐이오. 그것이 전부요."

얼마 후 그 농부는 나스루딘이 나귀를 타고 빠른 걸음으로 해안을 따라가서 유목을 찾는 것을 보았다.

그가 소리쳤다.

"제가 알기로는 거기에는 나무가 한 그루도 없습니다, 물라!"

몇 시간이 지나고 나서 그 남자는 나스루딘이 지친 상태로 아무 땔감도 구하지 못한 채 집으로 돌아가는 것을 보았다.

"물라여! 당신은 인지 능력이 뛰어난 분입니다. 올리브 나무에 열매가 열릴지 안 열릴지 알 수 있을 정도로 말입니다. 그런데 왜 해안에 나무가 있는지 없는 지는 알지 못하십니까?"

나스루딘이 말했다.

"나는 단지 무엇이 꼭 이루어져야 한다는 것은 알고 있지. 그렇지만
무엇이 이루어질지는 모른다네."

자신이 자신의 소망이 어떤 것인지를 명확하게 파악하고 있지 못하다면, 당
신의 창조력은 그 힘을 발휘할 길이 없는 것이다.

논리학자

나스루딘이 어느 마을을 방문했을 때의 일이다. 그는 시장 한 가운데 있는 단상 위에 섰다.

군중들이 모여들었고 그가 연설을 시작했다.

"여러분, 여기 하늘은 내 마을의 하늘과 똑같습니다."

누군가 소리쳤다.

"왜 그렇게 생각하십니까?"

"내가 그곳에서 볼 수 있었던 것처럼 똑같은 수의 별들을 여기서도 볼 수 있기 때문입니다."

무엇인가를 알려고 배우는 자는 현명하다. 그러나 남에게 알려지려고 배우는 자는 어리석다.

한 번 속았는데……

한 욕심쟁이가 나스루딘에게 약간의 돈을 빌려갔다. 물라는 결코 그 것을 받을 수 없으리라고 생각했다. 그런데 너무나 놀랍게도 그는 빌려 간 돈을 즉시 갚았다. 나스루딘은 그 이유를 골똘히 생각했다. 그리고 고개를 끄덕였다.

얼마 후 그 사람은 좀더 거액의 돈을 빌려 줄 것을 부탁했다. 그러면 서 하는 말이,

"제 신용이 좋다는 건 아시죠! 지난번에도 정확히 갚지 않았습니까."

"이번에는 안 돼, 이 불량배야!"

나스루딘은 화를 냈다.

"지난번에 내가 그 돈을 돌려 받지 못하리라고 생각했을 때 나를 속 여먹었지. 이번에도 내가 그렇게 쉽게 속아넘어갈 줄 알고!"

좋은 소식

중동지역에서는 좋은 소식을 말하는 사람에게 선물을 주는 관습이
있었다.

어느 날 나스루딘은 아들의 탄생을 기뻐하면서 시장으로 달려갔다.
그리고는 소리쳤다.

"다들 이리로 모이십시오! 좋은 소식이 있습니다!"

"무슨 일입니까, 물라?"

나스루딘은 사람들이 다 모일 때까지 기다렸다가 소리쳐 말했다.

"오, 여러분! 좋은 소식을 가져오는 사람을 위해 기부금을 마련하십
시오 여러분들 중 모든 미혼자에게 새로운 소식입니다. 그것은 바로 여
러분의 물라가 아들을 갖는 축복을 받았습니다."

자기 길이 최고라고 생각하는 사람은 겸손하라. 자신의 완전함만 되뇌이
는 앵무새는 어리석다. 많은 길이 정상으로 향하므로 온몸으로 오르고자
노력하면 된다.

무덤 앞의 개

나스루딘은 삶과 죽음에 대해 생각하면서 자주 묘지를 배회하곤 하였다. 그날도 역시 묘지 주위를 서성이며 골똘히 생각에 잠겨 있을 때 한 마리 사납게 생긴 개가 어느 무덤 앞에 쭈그리고 앉는 것을 보았다.

나스루딘은 막대기를 하나 주워 이 버릇없는 개를 향해 휘둘렀다. 그러자 개는 으르렁거리기 시작하더니 금방이라도 달려들 태세를 취하였다.

나스루딘은 피할 수 있는 위험에 자신을 내맡길 사람은 아니었다.

그는 개를 안심을 시키는 말을 했다.

"그래. 거기에 앉아 있거라. 죽은 사람이 너를 화나게 할 까닭은 없으니까."

비겁이란 해야 할 일을 알면서도 하지 않는 것이다.

명백한 사실

물라가 치안판사로 있을 때 어려운 사건을 재판하게 되었다.

폭행 사건이었는데, 원고가 말하기를 피고가 그의 귀를 물어뜯었다는 것이었다. 그러나 피고는 원고 스스로 자신의 귀를 물어뜯었다고 주장하였다.

"이 사건은 증거에 모순이 있습니다. 또한 목격자도 없습니다. 그러므로 이 사건을 판단할 방법은 오직 하나뿐입니다. 그러므로 잠시 휴정하겠습니다."

이렇게 말하고 나스루딘은 법정 옆에 있는 조그마한 방으로 들어갔다. 그리고 자신의 귀를 물어뜯어 보려고 애쓰면서 시간을 보냈다. 그는 그런 어처구니없는 시도를 할 때마다 균형을 잃고 쓰러졌고, 머리에 타박상을 입게 되었다.

재판이 다시 시작되었을 때 물라가 말했다.

"원고의 머리를 검사하라. 만약 머리에 타박상을 입었다면 그는 그 자신이 귀를 물어뜯은 것이다. 그렇다면 피고에게 유리한 판결이 내려질 것이다. 그러나 만약 반대로 타박상이 없으면 다른 사람이 그의 귀를 물어뜯은 것이다. 그렇다면 이 사건은 폭행 사건으로 성립될 것이다."

 사실이란 것은 속이 비어있을 때 우뚝 서있지 못하는 포대와 같다. 그것을 우뚝 설 수 있게 하려면 우리의 이성과 생각을 그 속에 담아 가득 채워야 한다.

옮길 수 없다

“내가 형이상학에 대해 가르쳐 주겠소”

나스루딘은 비록 약간이기는 하나 그것을 이해하는 한 이웃 사람에게 말했다.

“영광입니다. 언제든 제 집에 오셔서 말씀해 주십시오”

나스루딘은 더 이상 아무 말도 하지 않았다. 왜냐하면 이 불가사의한 지식이 말로 완전히 전달될 수 있으리라고 남자가 생각한다는 것을 간파했기 때문이었다.

며칠 후 그 사람이 그의 집 지붕 위에서 지나가던 나스루딘을 불렀다.

“물라, 불을 피우게 좀 도와주십시오 숯이 꺼져가고 있습니다.”

나스루딘이 말했다.

“물론이죠 내 입김을 당신의 처분에 맡기겠소 단, 난 여기 그대로 있을 테니 당신이 할 수 있는 한 많이 가져가시오”

 배우려는 사람이 배움을 부끄러워해서는 안 된다.

무엇이든 다 아는 게 내 직업은 아니오

어느날 나스루딘의 당나귀를 도둑 맞았다. 그는 즉시 경찰서로 달려 갔다. 경찰서장이 말했다.

"어려운 문제군요 우리가 당신의 당나귀를 찾는데 시간을 다 보낼 수는 없습니다. 당신은 모르는 것이 없는 분 아니십니까? 자, 처음부터 해봅시다. 그 일이 어떻게 일어났는지 말씀해 주십시오"

"사건이 일어났을 때 나는 그곳에 없었소 그러니 내가 당신에게 그 때의 상황을 이야기하기는 어려워요. 그렇지 않습니까? 게다가 모든 것을 다 아는 것이 나의 일은 아닙니다."

현명한 사람은 일반론의 편익성을 인정하지만, 어떤 특별한 사실의 권위에 대해서는 굴복한다.

생각만큼 쉽지 않습니다

어느 과부가 나스루딘이 치안판사로 있는 법정에 와서 호소하기를,

"물라여! 저는 매우 가난합니다. 그런데 제 아들은 설탕을 너무 많이 먹습니다. 사실상 그 아이는 설탕에 중독되었습니다. 다시 말씀드리자면 제가 그 아이 때문에 수입과 지출의 균형을 맞추지 못한다는 것을 의미합니다. 아들은 제 말을 통 듣지 않습니다. 그러니 법원에서 그 아이에게 설탕을 먹지 못하도록 금지령을 내려주실 수 있으신지요?"

"부인, 이런 문제는 생각처럼 쉽지 않습니다. 일주일 동안 기다리십시오. 그러면 제가 이 사건을 좀더 철저히 조사한 후 판결을 내려드리겠습니다."

일주일 후 그 여인의 이름이 탄원자의 명단에 다시 올라왔다.

그녀가 다시 법정에 왔을 때 나스루딘이 그녀에게 말했다.

"죄송합니다. 다음 주까지는 이 매우 미묘한 사건에 대한 판결이 있을 것입니다.

그리고 다음 주가 되어 다시 여인이 왔다. 마침내 나스루딘은 판결을 내렸다.

"법원은 이제 그것에 대한 금지령을 내리노라."

그 젊은이가 물라 앞에 불려왔다.

나스루딘은 우뢰와 같은 큰소리로 고함을 쳤다.

"여보게! 하루에 반 온스 이상의 설탕을 먹는 것을 금지한다."

판결 후 여인이 나스루딘에게 질문했다.

"판사님, 저는 쉽게 이해가 가질 않습니다. 왜 처음에 바로 아이에게 설탕먹기를 금지하지 않으셨습니까?"

"왜냐하면……, 먼저 제가 그 습관을 버려야만 했거든요. 그런데 그것이 이렇게 오래 걸릴지 제가 어떻게 알 수 있었겠습니까?"

결단을 내리면 즉시 실천하라. 김은 새어나가기 마련이다.
그러나 결코 하지 않는 것보다는 늦게나마 하는 것이 낫다.

반 복

나스루딘은 그의 어린 아들과 함께 여행을 하고 있었다. 그런데 공교롭게도 산적들이 탁발승으로 가장하여 머물고 있는 수도원을 지나가게 되었다.

"곧 밤이 될 것이다. 이 수도원은 탁발승들의 수도원인 듯 하구나. 가서 그들의 호의를 구해 보도록 하자."

산적들은 나스루딘과 아들을 반갑게 환영했다. 그들은 나스루딘에게 회전운동을 함께 하자고 요구하였다.

이윽고 나스루딘은 그들 중에서 가장 잘하는 사람과 함께 핑핑 돌려져 마침내 제정신이 아닐 정도까지 되었다.

"이제."

산적들의 우두머리가 외치기 시작했다.

"나는 당신에게 내 당나귀를 드립니다!"

유순하게도 나스루딘은 그 구절을 반복해서 따라했다. 그리고 그 행위는 그가 의식을 잃고 쓰러질 때까지 계속되었다.

새벽에 눈을 떴을 때 나스루딘은 그 강도들과 함께 자신의 당나귀가 없어진 것을 알았다. 화가 난 나스루딘은 아들에게 소리질렀다.

"나는 네가 그 동물을 책임질 줄 알았다!"

"예, 그러고 싶었지만……, 그들이 당나귀를 데려가려 했을 때 저는 아버지께 달려갔었어요 그런데 그때 아버지는 이렇게 말씀하셨어요 '나는 당신에게 내 당나귀를 드립니다!'라고요 그래서 저는 아버지께서 그들에게 당나귀를 주었다고 생각했습니다."

 무슨 일이 일어나더라도 책임은 모두 자신에게 있다는 사실을 명심하라.

결코 경매는 하지 않겠다

나스루딘은 그의 당나귀가 마음에 들지 않아 그것을 팔고 다른 것으로 바꿔야겠다고 생각했다. 그는 시장으로 가서 당나귀 경매인에게 그 당나귀를 경매에 부칠 것을 부탁하였다. 당나귀가 팔리기 위해 나왔을 때 나스루딘도 그 곁에 서 있었다.

"그럼 다음 물건."

경매인이 외쳤다.

"이번엔 비길 데 없이 훌륭한 당나귀입니다. 금화 다섯 냥에서부터 값을 매길 분 계십니까?"

"당나귀 한 마리에 겨우 다섯 냥?"

나스루딘은 감동하였다. 그래서 자신도 그 경매에 참가하기로 결심했다. 매번 값이 매겨질 때마다 경매인은 당나귀에 대해 칭찬을 했고, 값은 점점 올라갔다. 나스루딘은 점점 더 사고 싶다는 욕심이 생겼다. 경매는 마침내 한 농부와 나스루딘 사이의 경쟁으로 좁혀졌다. 드디어 사십 냥에 나스루딘에게 낙찰되었다.

그는 경매인에게 수수료로 삼분의 일을 지불했다. 그리고 판매인으로서 그 돈의 일부을 가졌다. 그 다음엔 구매인으로서 그 당나귀 값을 지불하였다. 당나귀 값은 금화 이십 냥, 그리하여 나스루딘의 주머니는 텅 비게 되었다.

빈 주머니를 만지작거리며 그제서야 경매인에게 속았다는 것을 깨달았다. 나스루딘은 당나귀를 데리고 집으로 걸어가면서 혼잣말을 했다.

"이제 절대 경매는 말아야겠어."

누구나 자기가 최고라고 생각한다. 그래서 많은 사람들이 이미 경험한 선배의 지혜를 빌지 않고 실패하며 눈이 떠질 때까지 헤매곤 한다. 이 무슨 어리석은 짓인가. 뒤에 가는 사람은 먼저 간 사람의 경험을 이용하여, 같은 실패와 시간낭비를 되풀이하지 않고 그것을 넘어서 한 걸음 더 나아가야 한다. 선배들의 경험을 활용하자. 그것을 잘 활용하는 사람이 지혜로운 사람인 것이다.

어린 시절부터 나스루딘은 '반대'로 하기로 유명했다. 가족들은 그의 이런 심술에 익숙해져서 그에게 어떤 일을 시키려면 항상 반대로 말을 했다. 그가 열네 번째 생일을 맞이했을 때 나스루딘은 아버지와 함께 당나귀 등에 밀가루를 싣고 시장으로 갔다. 날이 밝기 시작했을 때 그들은 흔들흔들하는 줄다리를 건너고 있었다. 그때 당나귀 등에서 짐이 미끄러지기 시작했다.

아버지가 외쳤다.

"나스루딘, 빨리 그 왼쪽에 있는 짐을 끌어올리거라. 그렇지 않으면 밀가루를 잃어버린다."

나스루딘은 재빨리 왼쪽의 부대자루를 나귀의 등에 올려놓았다. 결국 균형을 잃은 밀가루 자루는 급류 속으로 사라져 버리고 말았다.

그의 아버지는 화를 참을 수 없었다.

"이런 바보! 너는 항상 반대로 하지 않았니! 내가 왼쪽 짐이라고 지적한 것은 오른쪽 짐을 의미하는 것이잖니?"

"예, 아버지. 그렇지만 저도 이제는 열네 살입니다. 오늘부터 저는 이성을 갖춘 성인입니다. 그래서 아버지의 명령에 순종한 것입니다."

인간의 가치는 그 사람의 장점만을 통하여 판단하기보다는 그 사람이 그 큰 장점을 어떻게 운용하고 있는가를 보고 판단하여야 한다.

안전 장치

어떤 도둑이 나스루딘의 외투를 훔치고 있었다. 바로 그 순간 나스루딘의 당나귀가 울기 시작했다. 나스루딘은 크게 기뻐하며 외치기 시작했다.

"믿기 어려운 일이 있습니다! 놀라운 소식입니다! 안전 장치가 나귀의 울음소리를 냅니다!"

도둑은 갑자기 당나귀가 울어대는 바람에 깜짝 놀라 외투를 떨어뜨리고 도망쳐 버렸다.

 항상 준비만 충분히 해 두고 있으면 결코 걱정할 것은 없다.

소원의 가치

나스루딘은 물소를 한 마리 키우고 있었다. 그는 가끔, 만약에 물소 뿔에 올라탈 수 있다면 마치 왕좌에 앉은 것과 같을 것이라고 생각하곤 하였다.

어느 날 물소가 그의 곁에 앉아 쉬고 있었다. 나스루딘은 유혹을 떨쳐버릴 수가 없었다. 그래서 뿔 사이에 날래게 올라탔다. 그런데 그와 동시에 물소가 요동을 쳤다. 그리고 그를 땅바닥에 내던졌다.

아내는 그가 땅바닥에 떨어져 기절한 것을 발견하고는 놀라서 울기 시작했다.

나스루딘은 얼마 후 깨어나며 아내에게 말했다.

"울지 말아요! 고통을 겪기는 했지만 내 소원을 이루었으니까!"

 오늘날에 와서는 모든 사람들이 물건의 값은 알고 있지만, 가치는 전혀 모르고 있다.

걱정할 때

나스루딘의 당나귀가 없어졌다. 이웃 모두가 찾는 것을 도와주었다. 그런데 이웃들이 보기엔 나스루딘이 태평스러워 보였다. 궁금증을 참지 못한 누군가 물었다.

"물라, 다들 걱정하고 있는데 당신은 하나도 걱정을 하지 않는 것 같군요. 혹시 당나귀를 찾는 것을 포기하신 겁니까?"

나스루딘이 말했다.

"천만에요. 당신은 저쪽 언덕을 찾아보았습니까? 그곳은 아직 아무도 찾아보지 않았습니다. 만약 그곳에서도 당나귀를 발견하지 못한다면 그때부터 걱정하기 시작하겠소"

비참하게 되는 비결은 당신이 행복한지 아닌지를 따질 수 있는 여유를 가지는 것이다.

나스루딘이 거리를 지나가면서 외쳤다.

"내 안장 주머니를 잃어버렸습니다. 그것을 꼭 찾아야 합니다."

그는 고함을 계속 지르면서,

"만일 찾지 못한다면……"

놀라서 사방에서 모여든 사람들이 안장 주머니를 찾기 시작했다. 결국 그것은 발견되었다.

누군가 물었다.

"우리가 이것을 찾지 못했다면 어떻게 할 생각이었습니까, 물라?"

"그렇다면 내가 직접……, 집에 있는 재료들로 다른 것을 만들었을 것입니다."

가장 보편적인 착각의 하나는 현재는 결정을 내리기엔 가장 애매한 시기라고 생각하는 것이다. 그러나 오늘 하루는 일 년 중의 가장 중요한 날이라는 것을 명심하라.

얼마나 길어야 너무 긴 것입니까?

어떤 사람이 말의 꼬리털을 자르고 싶어했다. 그는 나스루딘에게 얼마만큼의 길이로 잘라야 적당할 것인지를 물었다.

나스루딘이 말했다.

"그건 일단 자르고 나서 생각하십시오. 왜냐하면 당신이 어떻게 자르든 상관없이 의견은 각각 다를 수 있으니까요. 심지어 당신 자신의 의견도 때때로 다르지 않습니까? 너무 길다든가, 아니면 너무 짧다는가……."

자기 의사를 남 앞에서 발표하지 못하고 주저하고 망설이는 것은 좋은 현상이 아니다. 자신의 의견을 말하고 의사를 토로하는 것은 모든 사람들의 권리이다. 남이 비웃지나 않을까, 어리석다고 하지는 않을까, 지나치게 남의 눈치를 보는 것보다는 다소 어리석은 점이 나타나더라도 자신의 의사를 솔직히 표시하는 것이 사람과 친해지는 기회를 만든다.

시대 착오

"왜 교차로에 앉아 계십니까, 물라?"

"언젠가 이곳에서 무슨 일이 일어날지 모를 일이오 그러면 사람들이 구름처럼 모여들 것 아닙니까? 그렇게 되면 그때는 이 교차로 가까이 갈 수 없을 거요 그래서 지금 이렇게 앉아 있는 것입니다."

낭비할 시간이 없습니다

나스루딘이 마을 한복판을 속옷만 입은 채 뛰어가고 있었다.

사람들이 그에게 까닭을 물었다.

"옷을 입는데 너무 서둘렀더니 옷 입는 것을 잊었습니다."

현재 이 시간은 치명적이고 결정적인 시간이 아니라고 생각하는 것은 환상들 중의 하나이다. 매일은 일년 중 최대의 날이라는 사실을 알라. 매일은 지구의 종말임을 알지 못하는 사람은 어떤 것도 똑바로 배운 사람이 아니다.

나스루딘은 몇 번의 실패에도 불구하고 그가 얻은 천조각으로 터번을 매려고 노력했다. 그렇지만 그것은 너무 짧았다. 결국 그 천조각을 시장에 가지고 갔다. 그리고 경매인에게 경매를 의뢰했다. 매매가 시작되자 경매인은 그 천을 몹시 칭찬하였고, 값은 점점 올라갔다.

물라가 생각했다.

'나를 몹시 괴롭히던 저 더러운 천조각이 칭찬받는 것을 듣고만 있을 수 없어. 내가 저런 쓸모 없는 물건의 단점을 숨겨야 하나?'

결국 그는 마지막까지 경매에 남은 남자에게 몰래 가서 속삭였다.

"그 모슬린은 터번용으로 살 가치가 없어요. 그것은 길이가 너무 짧아요."

행복은 일방적으로 주는 것이 아니라 교환하는 것이다.

몇몇 어린 소년들이 나스루딘의 슬리퍼를 훔칠 계획을 세웠다. 그들은 한 나무를 가리키며 그에게 소리쳤다.

"아무도 저 나무 위로 올라갈 수가 없어요."

나스루딘이 말했다.

"그것은 너희들 중 아무라도 할 수 있는 일이다. 내가 너희들에게 할 수 있다는 것을 보여 주마."

그는 슬리퍼를 벗어서 자신의 허리띠에 쑤셔 넣고 기어오르기 시작했다.

그들이 소리쳤다.

"물라, 슬리퍼를 나무에까지 가져갈 필요는 없어요."

자기가 왜 슬리퍼를 가지고 가야 했는지 미처 깨닫지 못했던 나스루딘은 그들에게,

"모든 비상사태에 대비해라. 어쩌면 나는 거기로 가는 길을 발견할 수 있을 지도 모르니까!"

 성공자란 성공하기로 결정하고 일한 사람을 의미한다. 실패자란 성공하기로 결정하고 공상만 일삼았던 사람을 의미한다. 고질적인 실패자란 결정하지 못했기 때문에 막연히 기다린 사람을 의미한다.

나스루딘이 시장 한복판에서 군중들에게 연설을 하기 시작했다.

"여러분! 여러분들은 노력하지 않고 얻은 지식, 거짓 없는 진실, 힘들이지 않고 달성하는 성공, 희생 없이 전진하는 것을 원하십니까?"

모여든 많은 사람들이 환호하며 소리쳤다.

"그렇소! 그렇습니다!"

나스루딘이 소리쳤다.

"아주 훌륭하군요. 나는 단지 당신들이 그것을 원하는지 알고 싶었을 뿐입니다. 만약 내가 그러한 것을 발견한다면 여러분들에게 꼭 알려 줄 것을 약속합니다."

성공의 비결은 목적의 불변에 있다. 하나의 목표를 가지고 꾸준히 나아간다면 성공한다. 그러나 사람들이 성공하지 못하는 것은 처음부터 끝까지 한길로 나가지 않았기 때문이다. 최선을 다해서 뚫고 나아간다면 모든 어려움을 굴복시킬 수 있다.

위쪽과 아래쪽의 차이는

어느 욕심 많은 귀족이 나스루딘이 빌려쓰고 있는 경작지에 대한 절반의 권리를 술탄으로부터 인계받았다. 법정 서기가 그 귀족에게 분배하고 싶은 농작물이 무엇인가 하고 묻자 그는,

"위쪽 땅에 있는 것이라면 무엇이든 좋소"

그 귀족은 나스루딘의 집을 떠올리고 그렇게 말한 것이었고, 그의 말은 당연히 명령으로 조인되었다. 그러나 그 해에 나스루딘은 순무를 재배하였는데 위쪽 땅에서 생산된 양은 많지 않았다.

다음해에 그 귀족은 자신의 분배지에 도착해서 장부에 '아래 땅의 전 곡물'이라고 명기했다. 그러나 이번 해에 나스루딘은 위쪽에다 밀을 경작하고 있었다.

탐욕의 치명적인 약점은 모두를 얻고자 욕심내다가 도리어 모든 것을 잃어버리는 데에 있다.

투기꾼

나스루딘은 달걀을 많이 사서 그것들을 원래 값보다 싼 가격에 팔았
다. 그의 이상스러운 행동에 대한 이유를 누군가 묻자 그는 대답했다.
"물론 당신은 나를 부당이득자로 부르고 싶지는 않겠지요?"

상대방의 마음을 움직이지 않고는 상대방으로부터 아무 것도 얻어낼 수
없다.

단지 소를 죽였을 뿐인데……

나스루딘은 황소 한 마리를 훔쳤다. 그리고 그것을 죽이고 가죽을 벗겼다. 소 주인이 그 사실을 알아내고는 소리치면서 울부짖었다.

나스루딘이 중얼거렸다.

"이상하군. 나는 소 한 마리를 죽였는데 그 주인은 마치 자신의 가죽이 벗기운 것처럼 행동하는군."

당신을 곤경에 빠뜨린 바로 그것이 또한 당신을 곤경에서 구해주는 열쇠가 될 수도 있다. 박힌 가시는 가시로 빼내고, 땅으로 넘어진 자는 땅을 짚고 일어서지 않는가?

내가 시작하지 않았소!

나스루딘이 회교 사원에 갔다. 그의 셔츠는 너무 짧아 등의 아래 부분이 노출되었고, 뒤에 앉은 사람은 보기 흉하다는 생각에서 셔츠를 끌어당겨 가려주려고 하였다.

나스루딘은 곧바로 앞에 앉은 사람의 셔츠를 끌어당겼다. 앞에 앉은 사람이 돌아다보며 물었다.

"뭐 하는 거요?"

"내게 묻지 마시오 뒤에 있는 사람에게 물어 보시오 그가 시작했으니까."

인간은 생소한 것에 거부감을 느끼고, 낯익지 않은 것에 대해서는 불편해 한다.

나스루딘은 회교 사원에서 열성파 신도들의 맨 끝줄에 앉아서 명상에 잠겨 있었다. 그때 갑자기 그중 한 사람이 작은 목소리로 속삭였다.

"집에 불이 나도록 난로를 내버려두고 온 것이 아닐까?"

그러자 옆 사람이 말했다.

"당신은 침묵을 깼고 기도를 방해했습니다."

이 말을 듣고 있던 그 옆 사람이 말했다.

"당신도 마찬가지입니다."

그때 나스루딘이 큰소리로 외쳤다.

"내가 침묵을 깨뜨리지 않도록 도와주신 알라께 찬양을 드립니다."

그 어떤 희망이든 자신이 품고 있는 희망을 믿고 인내하는 것이 바로 인간의 용기이다. 그러나 겁쟁이는 금새 절망에 빠져 쉽게 좌절해 버린다.

달걀

나스루딘이 자주 가는 터키식 목욕탕에 젊은이들이 달걀을 가지고 갔다. 나스루딘이 한증탕에 들어왔을 때 젊은이들이 그 주위로 달려들었다.

"우리가 닭이라고 상상합시다. 그리고 달걀을 낳을 수 있는지 없는지 시험해 봅시다. 실패하는 사람이 목욕비를 지불해야 합니다."

나스루딘도 찬성했다.

꼬꼬댁 닭 울음소리가 난 후 그들은 각자 뒤에서 달걀을 한 개씩 꺼내 그것을 내밀었다. 그러고 나서 그들은 나스루딘에게 달걀을 낳았느냐고 물었다.

나스루딘은 대답했다.

"이렇게 많은 암탉들 사이에는 반드시 한 마리의 수탉이 있지 않습니까?"

불가능이라는 낱말은 행운의 단어가 아니다. 이 말을 자주 입 밖에 내는 자들에게 바람직한 결과가 생기지 않는다.

알라께서 주실 것입니다

"알라께서 주실 것입니다."

누군가가 자신의 돈을 훔쳐간 것을 불평하고 있던 한 남자에게 나스루딘은 이렇게 말하였다.

그 남자는 의심스러웠다. 그러자 나스루딘은 그를 데리고 회교 사원으로 갔다. 그리고 땅에 엎드려 알라께 그 남자의 은화 이십 냥을 되돌려 달라고 큰소리로 기도를 올렸다. 그의 이런 행동으로 명상을 방해받은 사람들은 각기 돈을 모아 그 남자에게 건네주었다.

"당신은 이 사원 안의 생리를 이해하지 못할 거요."

물라는 계속해서 말했다.

"하지만 이런 구체적인 형태로 그들이 당신을 대할 때……, 당신은 그들의 목적이 무엇인지 이해하게 될지도 모를 일이오."

길을 걸어가려면 자기가 어디로 향하는지를 알아야 한다. 합리적이고 선량한 생활을 영위하려는 경우도 마찬가지다. 자기와 그리고 타인의 생활을 어디로 이끌어 가고 있는지 알아야 한다.

한 무리의 소년들 가운데 어느 소년이 나스루딘에게 질문을 했다.

"물라, 어떤 사람이 가장 위대한 업적을 이룩한 사람입니까? 제국을 정복한 사람입니까? 정복할 수는 있었지만 하지 않은 사람입니까? 아니면 다른 사람이 그렇게 하지 못하도록 막은 사람입니까?"

나스루딘이 말했다.

"어떤 사람이라고 판단을 내릴 수가 없구나. 그렇지만 그보다 훨씬 더 어려운 일이 있다는 것은 알겠구나."

"그게 무엇입니까?"

"그런 사람들이 실제로 존재할 때, 사물을 바로볼 수 있도록 너희들을 가르치려고 노력하는 것 말이다."

모든 국가의 기초는 그 나라 젊은이들의 교육이다.
화학자를 많이 길러내는 것보다 국민들이 정확한 정보를 가지고 판단을 내릴 수 있도록 대중을 교육하는 것이 더 중요하다.

독심술

"여보시오, 물라."

어느 오만한 남자가 길을 걷고 있는 나스루딘에게 물었다.

"어느 모퉁이로 돌아가야 시내로 갈 수 있습니까?"

나스루딘이 되물었다.

"내가 물라인지 어떻게 알았소?"

나스루딘은 이 오만한 시골뜨기를 골려주고 싶었다.

"저는 사람들의 마음을 읽을 수 있기 때문이죠."

"잘 됐소."

나스루딘은 급히 걸음을 옮기면서 말했다.

"그렇다면 시내로 가는 길을 알고 있는 내 마음도 읽을 수 있겠군."

자기는 세상 사람의 도움 없이도 잘 해 나갈 자신이 있다고 믿는 사람은 큰 잘못이다. 그보다도 세상은 자기 없이는 잘 해 나갈 수 없다고 생각하는 사람은 더욱 큰 잘못이다.

나스루딘은 시장에서 어떤 사람이 멋진 칼을 팔고 있는 것을 보았다. 나스루딘이 물었다.

"강철 한 조각의 값이 어떻게 금화 오십 냥이나 될 수 있소?"

그 경매꾼은 나스루딘이 예술에 대해서는 문외한이라고 단정하고 대답했다.

"이것은 마법의 힘을 가진 칼입니다. 전쟁터에서 무려 이삼 피트까지 저절로 뻗습니다. 그리하여 적의 접근조차 불가능하게 만듭니다."

몇분 후 나스루딘은 부지깽이를 가지고 돌아와서 경매꾼에게 말하기를,

"이것들도 함께 팔도록 하시오. 금액은 금화 백 냥입니다."

"이것을 금화 백 냥씩이나 받으려고 하는 당신을 이해할 수가 없군요."

나스루딘이 말했다.

"그것은 보통 때는 단지 부지깽이에 불과합니다. 그렇지만 내 마누라가 그것들을 내게 던질 때는 삼십 피트 이상의 공간을 뛰어넘어 눈에

보이지 않게 늘어납니다."

과욕을 버리고 사는 것이 가장 인생을 즐겁게 사는 것이다. 다시 말해서 남들이 존경스럽지 않을 경우에도, 그들을 존경하는 것이 가장 가치있게 사는 것이다.

범인 가려내기

나스루딘은 그가 머물고 있던 수도원 사제에 대한 험담을 자주 하였다. 그런데 어느 날 쌀 한 자루가 없어졌다. 그러자 그 사제는 모든 사람에게 안마당에 일렬로 설 것을 명령했다. 그는 말하기를 쌀을 훔쳐간 사람의 턱수염에는 분명 쌀 몇 알이 묻었을 것이라고 말했다.

쌀을 훔쳐간 범인은 '이건 죄를 범한 사람이 스스로의 턱수염을 건드리게 하기 위한 계략이다'라고 생각하며 꼼짝도 않았다.

'교주가 화가 나서 내게 복수를 하는구나'라고 생각한 나스루딘은, '그는 분명히 내 턱수염 어디에다 쌀알을 붙여 놓았을 것이다. 가능하면 눈에 띄지 않게 털어 버려야겠다'라고 속으로 중얼거리며 재빨리 턱수염을 움켜잡았다. 그러자 모두가 그를 주시하는 것이 아닌가?

나스루딘은 사제를 향해 이렇게 소리쳤다.

"조만간 당신이 나를 궁지에 빠트리라는 것을 알고 있었소!"

세계를 향상시키고 전진시키는 사람들은 비난보다는 격려를 더 많이 하는 사람이다.

연역적 추리

누군가 물었다.

"연세가 어떻게 되십니까, 물라?"

"내 동생보다 세 살 많습니다."

"그걸 어떻게 아십니까?"

"추리지요. 작년에 내 아우가 누구에겐가 내가 그보다 두 살 더 많다고 말하는 것을 들었습니다. 그것은 내가 일 년에 한 살씩 나이를 먹는다는 것을 뜻합니다. 앞으로 나는 그의 할아버지가 될 정도로 나이를 먹게 될 것입니다."

우리들과 다르게 생각하는 사람들에게서 초연한 것과 마찬가지로 편협한 마음, 어리석음, 오만함을 보여주는 특별한 징후는 없다.

밀이라도 상관없습니다

이웃 사람이 나스루딘에게 상당량의 곡물 소유권에 대한 논쟁 사건에 그가 증인으로 서 줄 것을 간청했다.

재판관이 나스루딘에게 질문했다.

"당신을 직접 그 사건을 보셨습니까?"

"예, 보리자루가 주인이 바뀌는 것을 똑똑히 보았습니다."

"그러나 이 사건은 보리가 아니라 밀과 관련이 있습니다!"

"그건 상관없는 일입니다. 나는 여기서 내 친구가 옳다는 것을 말해 주어야 할 의무가 있습니다. 그렇기 때문에 가짜 증인으로서 내게 불리하지 않은 것이라면 어떤 것이든 말할 수 있지 않습니까?"

진리는 적과 자기편을 초월한다. 또한 진리는 우리에게 신념을 줄 뿐 아니라, 진리를 구한다는 사실이 우리에게 무엇보다도 마음의 평화를 준다.

천재

나스루딘의 어린 아들이 끊임없이 더듬거리며 말하고 있었다.

"아빠, 나 아빠가 태어난 날이 언제인지 알아요."

나스루딘은 의기양양하게 아내에게 말했다.

"거봐 케리마, 확실히 내 아들이 천재라는 것이 증명되지 않소?"

자화자찬하는 사람은 자신 외에는 아무도 보지 못하는 법이다. 자신만을 보는 사람의 신세보다는 오히려 장님이 더욱 낫다.

참견을 좋아하는 사람이 좋은 소식을 알려주는 것에 대한 선물을 바라고 나스루딘의 집으로 뛰어갔다.

"나스루딘! 좋은 소식이 있습니다.!"

"뭔데요?"

"옆집에서 케익을 굽고 있답니다!"

"그게 왜 나에게 좋은 소식입니까?"

"그들이 당신에게 케익을 좀 나누어 줄 것입니다.!"

"그게 왜 당신에게 좋은 소식입니까?"

어떠한 일을 할 때 그 결과에 너무나 집착하여 일을 행하지 말아라.

당나귀의 예언

무자비하게 가축들을 다루기로 악명 높은 한 이웃이 나스루딘에게 당나귀를 빌려 달라고 하였다. 나스루딘이 말했다.

"당나귀의 허가를 받아야만 합니다."

"좋습니다. 가서 물어보시오."

나스루딘은 마구간에서 곧 돌아왔다.

"죄송합니다. 그는 예언하는 재능을 가지고 있는데, 미래에 당신과 그의 관계가 좋지 않다고 점을 치는데요."

"그 당나귀가 미래를 어떻게 내다보았소?"

"그는 간단하게 말했습니다. 긴 여행과 부족한 식사, 상처투성이의 다리, 그리고 꺾일 것 같은 무릎이라고요."

미래는 늘 현재 사고의 결과이다. 과거도 미래도 현재의 사고에 달려 있다. 지금 이 순간 당신을 변화시켜야 한다.

그가 무엇을 발견하겠소?

어느 날 밤에 나르루딘의 아내가 그를 깨우며 말했다.

"아래층에 강도가 들어왔어요."

나스루딘은 속삭이며 말했다.

"아무 소리도 안 들리는데. 만약 그 사람이 여기서 무엇인가를 발견하고, 그것을 자기 집으로 가져가려면 몇 가지는 여기에 내버려두고 가게 될 것이오!"

내가 무엇보다도 해야 할 일은 나 자신에게 진실해야 한다는 것이다. 어찌 자신은 진실하지 못하면서 남이 나에게만 진실하기를 바라는가. 만약 그대가 스스로에 진실하다면 밤이 낮을 따르듯 어떤 사람도 그대에게 거짓말을 하지 않게 될 것이다.

요구만 할 뿐

한 이웃사람이 나스루딘에게 말했다.

"사십 년 된 식초 몇 개를 가지고 계시다고 들었는데, 그중 몇 개만 제게 주시겠습니까?"

나스루딘이 말했다.

"물론, 드리지 않겠습니다. 만약에 제가 그것을 남에게 주어 버리게 되면 그것은 그때부터 사십 년 묵은 식초가 아닐 것입니다. 그렇죠?"

 원하는 것을 얻고 싶거든 우선 당신이 그것을 가질 자격이 있다고 믿어라. 그러면 당신의 요구대로 이루어지는 일이 더욱 많아질 것이다.

고뇌에 찬 탁발승이 물었다.

"우리는 어디로부터 와서 어디로 가는 것이며, 그것은 무엇과 같은가?"

나스루딘이 대답했다.

"잘 모르겠소. 그러나 그곳은 꽤 무서운 곳임에는 틀림이 없고……"

주변에 있던 다른 이가 그 이유가 무엇이냐고 물었다.

"살펴보니 우리가 이 세상에 아기로 왔을 때 우리는 울음을 터뜨립니다. 그리고 우리들 중 많은 사람들이 울면서, 그리고 또한 마지못해 떠나는 것을 보면 그곳은 틀림없이 무서운 곳일 것입니다."

사람은 어떻게 죽느냐가 문제가 아니라 어떻게 사느냐가 문제이다.

카크르아자미

어떤 사람이 나스루딘의 어린 아들에게 동화를 들려주다가 질문을 하였다.

"카 - 코르 - 아자미가 뭐냐?"

어린 아들이 이렇게 대답했다.

"그 이름의 뜻은, 장님과 귀머거리, 그리고 벙어리가 되어 걸어다니는 것입니다."

그때 갑자기 나스루딘이 끼어들면서,

"맞네, 나도 지금 카코르아자미가 되려고 노력중이네."

상상 속의 향기

나스루딘은 돈이 한 푼도 없었다. 그래서 바깥 날씨가 추워지자 방안에서 담요를 뒤집어쓰고 꼼짝 않고 있었다.

"적어도……."

그는 생각했다.

'옆집 사람들은 우리 부엌에서 나는 요리 냄새를 맡지 못할 것이다. 그러니 굶고 있는 사람에게 음식을 보낼 수 없을 거야.'

이런 생각을 하자 향기로운 냄새의 뜨거운 수프가 더욱 더 간절해졌다. 그래서 그는 맛있는 수프를 상상하며 맛을 보았다.

그때 문을 두드리는 소리가 들렸다.

"어머니께서 저를 보내셨어요."

이웃의 어린 소녀가 말했다.

"저희에게 나누어주실 수프가 좀 있는지 여쭈어 보래요. 뜨겁고 양념이 된 수프요."

나스루딘이 말했다.

"하늘이 나를 도와주시는구나. 이웃 사람들은 내 상상 속의 음식냄새까지도 맡을 수 있으니 말이야."

강도

도둑이 나스루딘의 집에 들어가서 물건을 거의 다 가져가 버리고 있는 중이었다. 나스루딘은 거리에서 이 광경을 지켜보고 있었다. 잠시 후 나스루딘은 담요 한 장을 들고 도둑을 따라 그의 집으로 들어갔다. 그리고는 누워서 자는 척했다.

도둑이 놀라며 따져 물었다.

"당신 누구요? 그리고 여기서 뭘 하는 거요?"

"글쎄요, 우리 집이 이사를 해서요 그렇지 않습니까?"

 천 길이나 되는 높은 방죽도 땅강아지와 개미 같은 아주 미력한 것의 구멍 때문에 무너지게 되고, 백 척이나 되는 큰 집도 아궁이의 작은 틈새에서 나온 불로 죄다 타버린다. 모든 일이란 작은 방심과 부주의에서 큰 일이 생기는 것이다.

공간이 아니라 시간이 문제

어떤 사람이 나스루딘에게 밧줄을 빌려 달라고 하였다.

"빌려 줄 수 없습니다."

"왜 안 됩니까?"

그것은 사용하고 있으니까요."

"그렇지만 저기 땅바닥에 그냥 놓여 있는데요"

"맞습니다. 저렇게 있는 것이 그것의 쓰임새입니다."

"얼마 동안 저렇게 사용되는 채로 있을 겁니까?"

"내가 그것을 빌려 드리고 싶다고 느낄 때까지입니다."

나는 인내하는 데에는 마음을 강하게 하고, 욕심을 부리는 데에는 마음을 둔하게 하고 있다. 다만 내가 구할 수 있는 방향에서 손에 닿는 것을 구할 뿐이다.

모든 것이 내 아내의 이름으로 되어 있습니다

나스루딘이 커다란 통닭을 먹고 있었다. 그때 어떤 가난한 사람이 그 곳을 지나다가 창문으로 자세히 들여다보면서 말했다.

"제게도 그 닭을 조금 나누어주십시오 저는 지금 심하게 굶주린 상태입니다."

나스루딘이 말했다.

"기꺼이 드리죠 이것이 내 것이라면 당신에게 모두 드릴 것입니다. 그러나 불행하게도 이 닭은 아내의 것입니다."

욕심이 크면 그 욕심을 채우기 위한 걱정이 생긴다. 걱정이 심하면 병이 되며 병이 나면 정신이 흐려진다. 또한 정신이 흐려지면 생각이 옳지 못해 경거망동을 일삼게 된다. 경거망동은 화근을 불러일으키고 화근은 병을 깊게 만들어 위와 장을 상하게 한다. 결국 욕심 때문에 육체도 정신도 성하지 못하게 되는 것이다.

이스트가 부풀기를 기다리는 중

　나스루딘의 아내는 그에게 물을 길어다 줄 것을 부탁하였다. 그 일은 당연히 여자가 할 일이지만 그녀는 가루 반죽이 부풀어오르기를 기다리는 중이기 때문에 갈 수 없다고 설명했다.

　나스루딘은 길을 헤매다 마침내 강가에 도착했다. 그런데 항아리를 물 속에 빠뜨렸다. 한 시간이 지난 후에도 그는 여전히 거기에 앉아 계속해서 물 속을 들여다보고 있었다. 어떤 사람이 지나가다가 뭘 하고 있는지 물었다. 나스루딘은 대답하기를,

　"가루 반죽이 부풀어오르기를 기다리고 있는 중입니다."

오래 기다린다는 것은 비극이다.
기다리고 있으면 기회는 오지 않는다. 성공은 바로 저지르는 자의 몫이기 때문이다.

생각보다 더 나중입니다

　이번만은 라마단의 단식 삼십일 동안 꼭 단식을 하리라고 결심한 나스루딘은 매일 돌을 하나씩 항아리에 넣으면서 날짜를 세기로 했다.
　아버지의 이런 행동을 본 그의 어린 딸은 정원 구석구석에서 돌을 옮겨다가 항아리에 넣기 시작했다. 나스루딘은 이것을 전혀 모르고 있었다.
　며칠 후에 여행가 몇 사람이 자나가다가 단식일이 며칠이나 지났는지 그에게 물었다.
　"잠시 기다리시오."
　나스루딘은 급히 항아리로 가서 그 돌들을 세어 보았다. 그리고 나서 말했다.
　"사십오 일 지났습니다."
　"그렇지만 한 달은 삼십 일인데요?"
　나스루딘은 점잖게 말했다.
　"내가 과장해서 말하는 것이 아니오. 실은 오히려 줄여서 말한 것이오. 실제 숫자는 백하고도 오십 삼이란 말이오."

 사람에게 그토록 결점이 많은 것은 아니다. 결점의 대부분은 거만한 태도에서 나온다. 먼저 거만한 태도를 버려라. 그러면 많은 결점이 스스로 고쳐질 것이다.

왕은 애완동물로 키우는 코끼리 한 마리를 나스루딘 마을 근처에 얼마간 풀어주라고 명령했다.

마을 사람들의 우려대로 그 코끼리는 마을의 온갖 곡물들을 망가뜨려 놓았다. 주민들은 이를 항의하기 위하여 티모르 섬까지 가자고 결정했다. 왕이 즐거울 때가 언제인지를 안다는 이유로 나스루딘은 대표단의 우두머리로 임명되었다.

왕이 말했다.

"뭘 원하는가, 물라?"

"코끼리에 대한 것인데요, 폐하……."

나스루딘은 말을 더듬었다. 그는 그 날 아침 왕의 기분이 나쁘다는 것을 눈치챘다.

"그래? 내 코끼리에 관한 것이 무엇인가?"

"저……, 저는 그것에게 동료가 필요하다고 생각합니다."

"그런가? 음 그렇게 하도록 하지."

분노하는 사람에게 맞서서 분노하면 마땅히 분노는 두 배가 된다. 그러나 상대방이 분노하지 않으면 분노는 절반으로 줄어들 뿐만 아니라 두 개의 승리를 얻는 셈이 된다. 자신을 이기는 것이며 동시에 분노하는 쪽을 이기는 것이기 때문이다. 분노란 오로지 분노하는 사람의 것일 따름이다.

불조차도

물라는 불을 피우려고 애썼다. 그러나 그가 아무리 애를 써도 불씨는 붙지 않는 것이었다. 화가 치밀어 오른 그는 소리를 질렀다.

"너희들이 불붙지 않는다면 내가 마누라를 데려오고 말테다."

그리고는 힘껏 입김을 불었다. 숯은 좀더 강하게 달아올랐다. 그는 벽에 걸린 아내의 모자를 낚아채서 타기 시작하는 숯 위에 올려놓았다. 불꽃은 확 피기 시작했다. 나스루딘은 미소지었다.

"불조차도 내 아내를 무서워하네!"

부부간의 싸움을 보면 그 시초는 극히 사소한 일에서 발단된다. 따지고 보면 아무렇지도 않은 일인데 옥신각신하다가 싸움으로 발전된다. 싸움이 없다고 해서 부부간의 애정이 그만큼 깊은 것도 아니고, 싸움이 잦다 해서 부부간의 애정이 엷은 것도 아니다. 그러나 일단 시비가 벌어지고 진전이 되면 서로 별별 소리가 다 튀어나온다. 부부간의 시비가 잦은 것은 서로 허물없는 사이가 되어, 무슨 말이든지 터놓고 하기 때문이니,

지각의 한계

    나스루딘은 수탉들을 다른 장소로 옮기기로 하였다. 그리고 수탉들을 잠시 길 한쪽으로 일렬로 걷게 만들려고 노력했다. 그러나 그것들은 땅을 쪼으며 사방으로 흩어져 헤매기 시작했다.

    나스루딘이 소리질렀다.

    "오, 이런 어리석은 것들 같으니라구! 너희들은 해가 언제 뜨는지는 알면서, 내가 어디로 가는지는 모르는구나!"

모든 위대한 것은 자각되지 않는다. 그렇지 않다면 별 것이 아니거나 아무 것도 아니다.

우유배달원의 말(馬)

나스루딘은 장작 장사를 하기로 마음먹고, 장작을 실어 나를 말을 우유배달원에게 싸게 샀다. 그 말은 자기가 옛날에 다녔던 길을 잘 알고 있었다. 말은 몇 집을 돌고 나더니, 어느 집에 멈춰 서서 큰소리로 우는 것이었다. 사람들은 우유통을 들고 밖으로 나왔다. 그러나 그가 장작만 가득 싣고 있는 것을 보고는 나스루딘에게 욕설을 퍼부었다.

마침내 나스루딘은 화를 참을 수 없어서 말에게 주먹을 휘두르면서 말했다.

"이번 한 번만은 이것으로 해결하도록 하자. 누구를 팔고 있는 거냐, 너냐 아니면 나냐? 너는 장작이 왔다는 것을 알리기 위해 울지만 사람들은 내가 우유를 가져오지 않았다고 공격하는구나."

나스루딘은 어느 뜨거운 여름날 뽕나무 아래에서, 그 근처 수박밭을 보면서 누워 있었다. 그는 좀더 깊이 있는 생각을 해보자고 중얼거리며 다음과 같이 말했다.

"어떻게 이 뽕나무처럼 거대하고 울창한 나무가 그렇게 보잘것없이 작은 열매들을 맺는 것일까? 반대로 저렇게 커다랗고 맛있는 수박을 만들어 내는 보잘것없고 약한 덩굴식물을 보라……."

그가 이 오류를 곰곰이 생각하고 있을 때, 뽕나무 열매 하나가 그의 머리 위에 떨어졌다.

"알겠다."

나스루딘이 말했다.

"이유는 바로 이거야. 미처 그 생각을 왜 하지 못했을까?"

진리를 특별한 곳에서 찾지 말라. 매일매일의 평범한 생활 속에서 진리를 찾아야 한다.

피라미드 전문가

나스루딘은 나뭇가지 사이에 앉아 꽃향기를 맡으며 일광욕을 즐기고 있었다.

지나가던 사람이 거기서 무엇을 하고 있느냐고 물었다.

"위대한 피라미드에 오르고 있었소."

"이 근처에는 피라미드가 없지 않소? 그리고 피라미드로 올라가는 길은 네 가지입니다. 한 면에 하나씩. 하지만 그것은 나무잖소!"

나스루딘이 대답했다.

"맞습니다. 그러나 이보다 더 재미있는 피라미드는 없습니다. 그렇게 생각하지 않습니까? 새들, 꽃송이들, 미풍, 그리고 햇빛……, 이보다 더 좋은 게 있겠습니까?"

자신의 약점이나 모자라는 점을 숨기고 감추기보다는 있는 그대로 드러낼 수 있는 용기를 가진 자에게는 결국 길이 열리게 될 것이다.

내가 앉아 있는 자리는

신학자들의 모임에서 나스루딘은 높은 지위의 사람들이 앉는 좌석에서 멀리 떨어져 그 방의 끝자리에 앉게 되었다.

모임이 시작되자 나스루딘은 농담을 시작했다. 그러자 사람들은 킥킥거리며 그의 주위에 모여들었다. 아무도 박식한 강연을 하고 있는 노신학자에게 주의를 기울이지 않았다. 그 노인이 더 이상 연설을 할 수 없게 되자, 그 모임의 사회자는 화가 나서 말했다.

"당신은 입 다물고 있어야만 해요! 의장의 자리에 앉은 사람이 아니면 아무도 이야기할 수 없소"

나스루딘이 말했다.

"어떻게 그것을 아셨는지 모르겠네요. 그런데 내가 앉아 있는 자리가 바로 의장의 자리라는 것이 내게 충격을 주는데요"

나보다 나 자신을 잘 아는 사람은 없다.

자기 의견만 죽어라 고집하는 속 좁은 어느 목사가 나스루딘이 시간을 많이 보내는 찻집에 들러 사람들에게 설교를 하고 있었다.

몇 시간이 흐르자 나스루딘은 이 사람의 생각이 어떤 것에 길들여져 있는지, 그가 어떤 허영심과 자만심의 희생자인지, 비현실적 이기주의의 사소한 논리들이 그 자신의 이익을 위하여 어떻게 과장되는지를, 그리고 그것이 이 자리에서 어떻게 적용되는지를 간파할 수 있었다.

여러 주제들이 토론되었는데, 그것들은 대체로 어려운 경전에서 인용된 관례, 잘못된 유추 방법 등에 관한 것이었는데 현실성이 없는 괴상한 가정이었다.

마침내 그 목사는 자신이 집필한 책 한 권을 내놓았다. 나스루딘은 그것을 보기 위해 손을 내밀었다. 왜냐하면 참석한 사람들 중에 글을 읽고 쓸 줄 아는 사람은 오직 그뿐이었기 때문이다.

사람들이 호기심 어린 눈으로 지켜보는 동안 나스루딘은 책장을 뒤적거렸다. 그렇게 몇 분이 지나자 그 목사는 안절부절하기 시작했다. 그리고 마침내 더 이상 이성을 억누르지 못하고 소리쳤다.

"내 책을 거꾸로 들고 있잖소!"

나스루딘이 한껏 느긋하게 말했다.

"나도 알고 있소. 이것은 당신이 집필한 책 중에 대표작인 것 같은데,
만약 어떤 사람이 이 책을 통해 배울 수 있는 것이 있다면, 그것은 단지
손으로 느낄 수 있는 네모난 모양의 물건일 뿐이라는 것입니다."

 고지식함은 앞 뒤 모르는 옹고집일 뿐이지 강직함과는 거리가 멀다.

나무 꼭대기에서 사방을 보고 싶다는 생각을 한 나스루딘은 나무로 기어올라갔다. 위태롭기 그지없는 그의 행동을 본 어느 행인이 소리질렀다.

"조심하십시오! 당신은 나뭇가지 맨 끝에 있습니다. 잘못하면 나뭇가지가 부러져 떨어지겠습니다."

"당신 말을 믿을 정도로 내가 바보인 줄 아시오? 아니면 당신이 미래를 말해 줄 수 있는 예언자라도 된단 말이오?"

그가 말을 마치기 무섭게 나뭇가지는 부러져 버렸고, 나스루딘은 쿵 소리를 내며 땅바닥으로 추락하고 말았다. 나스루딘은 그 행인을 따라가며 애원했다.

"당신의 예언이 실현되었습니다! 이제 제게 가르쳐 주십시오 어떻게 죽을 수 있는지를."

그 사람은 자신은 예언자가 아니라고 화를 내면서까지 말했지만 끈질긴 나스루딘을 따돌릴 수는 없었다. 마침내 그는 포기하는 심정이 돼서는 말했다.

“당신은 이제 차라리 죽는 편이 낫겠소”

물라는 이 말을 듣자마자 쓰러져서 조용히 누워 있는 것이었다. 그의 이웃 사람들이 와서 그를 발견하고는 그를 관에 눕혔다. 그들이 공동묘지를 향하여 걸어가던 중 갈림길을 만나게 되었다. 어느 길이 가까운 길인지에 대한 언쟁을 벌였다. 나스루딘은 참지 못하고 관 밖으로 머리를 내밀면서 말했다.

“내가 살아 있을 때, 나는 여기서 왼쪽으로 가곤 했었습니다. 그 길이 가장 빠른 길입니다.”

남의 일을 잘 알고 있는 사람은 똑똑한 사람이다. 그러나 자기 자신을 알고 있는 사람은 그 이상으로 총명한 사람이다. 남을 설복시킬 수 있는 사람은 강한 사람이다. 그러나 자기 자신을 이겨내는 사람은 그 이상으로 강한 사람이다.

1페니를 덜 받게 되었습니다

강을 가로질러 놓여 있는 징검다리 근처에 앉아 있던 나스루딘은 열 명의 장님들이 그 개울을 건너고 싶어하는 것을 보았다. 그는 한 사람당 각각 1페니를 받고 도와주겠다고 제안을 하였다.

그들은 수락하였고, 나스루딘은 그들을 건네 주기 시작했다.

아홉 번째 장님까지는 둑까지 안전하게 데려다 주었다. 그러나 그가 열 번째 장님을 건네 주려 했을 때 이 불행한 사람은 발을 헛디뎌 물살에 떠내려가 버리고 말았다.

무언가 심상치 않은 사태를 느낀 아홉 명의 장님들이 외쳤다.

"무슨 일이 생겼습니까, 나스루딘?"

나스루딘이 말했다.

"아무 일도, 1페니를 덜 받게 되었을 뿐입니다."

인간은 이기적이라 나의 일은 남의 일보다 중요하게 여기는 법입니다. 단지 1페니를 손해본 것이 내게는 상대방의 목숨보다도 중요할 수 있습니다.

왜 내게 물어 보십니까?

어느 날 나스루딘이 당나귀를 타고 오솔길을 가고 있는데 당나귀가 무엇엔가 놀라 마구 달리기 시작했다.

나스루딘이 이렇게 급하게 어딜 가는 걸 본 적이 없었던 마을 사람들이 소리쳐 물었다.

"오, 물라! 그렇게 빨리 어디로 가십니까?"

"나에게 묻지 말고, 내 당나귀에게 물어 보십시오!"

딸들

나스루딘에게는 두 딸이 있었다. 첫째는 농부와 결혼했고 둘째는 벽돌 제조공과 결혼했다.

어느 날 두 딸이 그의 집에 왔다. 첫째가 말했다.

"남편은 이제 막 파종을 마쳤습니다. 비가 오면, 내게 새 옷을 사줄 거예요."

그러자 둘째가 말했다.

"저는 비가 오길 바라지 않아요. 제 남편은 벽돌을 많이 만들어 구울 준비를 하고 있거든요. 비가 오지 않으면 제게 새 옷을 사줄 거예요."

나스루딘이 말했다.

"어쨌든 너희들 중 한 사람은 무엇인가 얻을 수 있겠구나. 하지만 나는 어떻게도 말할 수 가 없구나."

모두 합쳐서입니다

나스루딘이 대추야자 열매를 한 움큼 사 가지고 와서 그것들을 먹고 있었다. 그의 아내는 그가 씨들을 주머니에 조심스럽게 넣는 것을 주의 깊게 바라보았다.

"다른 모든 사람들이 하는 것처럼 왜 당신은 씨들을 버리지 않는 거예요?"

"대추야자를 살 때 그 가격이 '씨'를 포함해서인지 아닌지 야채상에게 물어 보았소. 그랬더니 그 상인은 말하기를 '예. 모두 포함하죠'라고 했소. 그러니 열매와 마찬가지로 씨도 내 것이지. 나는 그것들을 가지고 있을 수도 던져버릴 수도 있는 거요."

인간은 상식이라고 그어진 좁은 금을 따라 조심조심 걸어가면서 거기에서 조금이라도 벗어나면 곧 불안함을 느낀다. 과도하게 상식에 얽매이지 않고 진정 합리적으로 살아갈 수 있는 용기를 지닌 자는 극히 드물다.

왜 그들은 애도도 하지 못합니까?

나스루딘은 병아리들을 길러 닭이 되면 고깃간에 팔곤 하였다.

어느 날 그는 병아리들의 걷는 모습이 이상하여 유심히 지켜보고 있을 때 우연히 상복 입은 사람이 지나가는 것을 보았다. 나스루딘은 급히 달려가 그 사람에게 물었다.

"왜 그런 옷을 입었는지 말해 주십시오"

"네 부모님께서 돌아가셨기 때문입니다. 이것이 제가 부모님들을 애도하는 방법입니다."

그 다음 날 이웃 사람들은 나스루딘의 병아리들 목에 검은 리본이 매달려 있는 것을 보았다.

그들이 물었다.

"왜 병아리들이 검은 리본을 매고 있습니까?"

"당신들도 추측할 수 있겠지만, 그들의 부모가 죽었기 때문이오. 왜 그들은 애도도 하지 못합니까?"

우리가 직면한 가장 중요한 문제는 죽음 뒤에 우리의 삶이 어떻게 되는가 하는 것이다. 죽음 뒤에 영원한 삶이 있다고 믿어라. 그래야 참된 삶을 살 것이다. 그러므로 우리들은 우리의 인생은 영원하다는 것을 발견하여 영원한 것에 전력을 다하여야 한다. 그러나 많은 사람들은 이와 반대로 행동한다.

지니고 있을 가치가 없다

도랑 속에서 무엇인가 번쩍이는 것을 본 나스루딘은 그것을 주우러 뛰어갔다. 그것은 금속 거울이었다. 가까이 들여다보자 그 속에 그의 얼굴이 비쳤다.

"이게 버려져 있었던 것은 놀랄 일이 아니군. 이것처럼 어떤 사람의 마음에도 들지 않는 것은 없을 거야. 잘못은 내게 있어. 이걸 덥석 주워 왔으니까. 이걸 어쩐다……."

 만족함을 모르는 사람은 부유하더라도 가난하고, 만족함을 아는 사람은 가난하더라도 부유하다.

의심

한 여인이 의사 자격증을 갖고 있었던 나스루딘에게 용기를 내어 찾아갔다. 나스루딘이 그녀의 맥박을 재려 하자 그녀는 너무나 부끄러워 팔을 옷소매로 가렸다. 그러자 나스루딘은 그의 주머니에서 실크 손수건을 꺼내 소매에 올려두고 멀뚱히 바라보고만 있었다.

"뭘 하시는 거예요, 물라?"

"모르셨습니까? 저는 면의 맥박은 항상 실크 손수건으로 잰답니다. 그게 정확하거든요"

나스루딘이 담장 너머로 고운 벨벳처럼 부드러워 보이는 잔디를 보았다. 그곳에 물을 주고 있는 정원사를 불렀다.

"이렇게 훌륭한 잔디를 만드는 비결이 무엇입니까?"

"비밀은 아니니까, 당신이 이리로 내려오신다면 말씀드리지요."

"놀랍군요."

담에서 내려와 그의 옆에 선 물라가 말했다.

"내 집의 정원 전체를 이 같은 잔디로 바꾸고 싶소."

그 정원사가 말했다.

"그 방법은 간단합니다. 잔디를 심고 잡초를 없애 줍니다. 그리고 자주 깎아 주면서 편평하고 부드럽게 해줍니다."

"쉽군요. 그런데 이런 상태로 만드는데 시간은 얼마나 걸립니까?"

"약 팔백 년이 걸립니다."

이 말을 들을 나스루딘은 말했다.

"저는 제 창을 통해 경치를, 그것도 잔디가 없는 경치를 보는 것을 더 좋아합니다."

거룩하고 즐겁고 활기차게 살아라. 믿음과 열심에는 피곤과 짜증이 없다. 그대의 마음속에 식지 않는 열과 성의를 가져라. 당신은 드디어 일생의 빛을 얻을 것이다

최대 용량

아주 오래 된 깨지기 쉬운 중국산 화병이 마을 사람들에 의해 발견되었다. 찻집에서는 그것의 정확한 용량에 대해 언쟁이 벌어졌다.

한참 말다툼을 하고 있는데 나스루딘이 들어왔다. 사람들은 그에게 판정을 내려 줄 것을 간청했다.

나스루딘이 말했다.

"간단합니다. 그 화병을 가져오세요. 모래도 약간 같이 가져오세요."

그는 망치를 가지고 아래로 눌러 주면서 화병에 고운 모래를 가득 채웠다. 결국 화병을 깨지고 말았다.

"여러분이 원하는 것이 저기 있습니다."

그는 모여 있는 사람들은 돌아보면서 의기양양하게 말했다.

"화병의 최대 용량이 나왔습니다. 이제 여러분 모두가 해야 할 일은 모래알을 세는 것입니다. 그러면 여러분들은 이와 같이, 한 그릇을 채우는데 필요한 세세한 총계를 얻을 수 있을 것입니다."

 일시적인 호기심이나 감정이 지배하는 염원은 실상의 세계에 도달할 수
없으며, 오히려 불행을 성숙시키는 반작용이 강하게 되는 것이다.

  나스루딘은 국경 지방을 넘나들며 달걀을 팔고 있었다. 국경 지방의 달걀 생산자들은 그들의 권리를 주장하면서 왕에게 탄원을 했다. 왕은 어떤 달걀이라도 수입을 하지 말 것을 포고하였다.

  세관원은 나스루딘의 밀무역을 알아채고 그를 데리고 가서 심문하기 시작했다.

  "거짓말에 대한 형벌은 사형입니다. 그 바구니 속에 무엇이 들어 있습니까?"

  "가장 작은 그럴싸한 병아리들입니다."

  "가축이군요. 우리는 그것들을 우리 속에 넣어야 합니다. 그것들을 일정 동안 벽장에 넣어 자물쇠를 채워 놓겠습니다. 그렇지만 걱정할 필요는 없습니다. 우리가 당신을 위해서 그것들에게 먹이를 줄 것입니다. 그것이 우리의 의무이니까요."

  나스루딘이 말했다.

  "이것들은 아주 특별한 병아리들입니다."

  "어떻게요?"

"주인의 보호를 받지 못하면 수척해지고 늙어버리는 동물들의 습성
에 대해 들어보신 적이 있습니까?"

"예"

"이 병아리들은 너무나 민감합니다. 만약 그것들을 잠깐이라도 버려
둔다면 지금보다 더 젊어지는 특이한 품종입니다."

"얼마나 젊어집니까?"

"다시 달걀로 될 수 있을 정도입니다."

 우연의 일치를 자신의 중심에 따라 의미있게 해석하는 우를 범해서는 안
된다.

나스루딘은 술집 바로 옆 골목에 숨어 있었다. 그에게는 돈이 한 푼도 없었다. 게다가 참된 신자라면 포도주를 금해야 했기 때문이었다.

술탄의 잔을 나르는 하인이 빛깔이 아름다운 포도주 한 병을 가지고 조심스럽게 밖으로 나왔다. 그들은 동시에 서로를 발견했다.

나스루딘이 먼저 말을 건넸다.

"존경스러운 사키, 제게 좀 주십시오……."

"무엇을 드릴까요, 물라?"

나스루딘이 포도주를 달라고 한다면 그는 스스로 포도주를 즐기고 있다는 것을 실토하는 것이 된다. 그래서,

"……충고를 한마디 해주십시오"

"좋습니다. 가서 책 한 권을 읽으십시오"

나스루딘은 중얼거렸다.

"오, 안 돼, 그것은 하기 싫어."

"왜요?"

"……, 그것은 전에 한번 시도해 봤거든요"

하인은 무슨 뜻인지 알겠다는 미소를 보냈다.

전혀 옳지 못한 것보다 가끔이라도 옳은 것이 더 낫다. 뜨뜻미지근하지 말
고, 차갑든지 뜨겁든지 하라.

일격에 일곱을

한 병사가 전쟁터에서 돌아왔다. 찻집은 떠들썩했다.

"북쪽 국경지역에서 나는 빨간 수염을 가진 이교도들을 여섯 명이나 죽였습니다."

박수소리가 찻집을 울렸다.

"물라! 당신은 저 사람처럼 행동할 수 없을 걸요?"

꼬박 하루 동안 그에게 진실만을 이야기할 것을 맹세하도록 하여 나스루딘을 놀렸던 한 익살꾸러기가 말했다.

나스루딘은 벌떡 일어나 외쳤다.

"나는 많은 것을 자랑하지는 않겠습니다. 그리고 나는 진실만을 말하겠다고 맹세했습니다. 좋습니다! 여러분 모두에게 자신 있게 이야기하겠습니다. 저는 일곱의 이교도들을 단 일격에 죽였습니다."

이 말을 들은 모든 사람들이 그를 존경 어린 눈으로 볼 때, 나스루딘은 성큼성큼 밖으로 걸어나가 그의 방으로 돌아왔다. 그곳에는 일곱 마리의 파리들이 파리채에 맞아 죽어 있었다.

 남의 사악한 꾀임을 과감히 물리칠 수 있는 참다운 힘과 지혜를 지녀야
한다. 큰 현인은 때로는 바보처럼 보이고, 기발한 아이디어라도 처음에는
엉뚱하게 생각될 수 있다.

"저는 삼 일 동안 아무 것도 먹을 수가 없었습니다."

"안됐군요, 물라. 그렇다면 굉장히 아프신 것이 틀림없군요."

"그런 것이 아니라 어떤 사람도 저한테 더 먹으라고 권하지 않았기 때문이죠, 그게 이유입니다."

 인생의 의미는 생각하는 것만으로는 발견되지 않는다. 좀더 구체적 상황으로 당면하는 도전에 자신을 내맡김으로써 발견되는 것이다. 지금 여기에 그대 자신을 내놓으라. 그대에게 주어진 상황, 현재라고 하는 이 시간에다가 그대를 내놓으라. 그렇게 하면 그대에게 의미가 보일 것이다.

탈바꿈

　　찻집에 모인 사람들이 왈리라는 남자를 비난하고 있었다. 그 남자는 쓸데없는 것만을 인심쓰는 척하면서 허락하곤 하였다. 사람들은 그의 그런 허영과 욕심에 관해 신랄하게 비난하였다.

　　비교적 설득력 있는 재단사가 말했다.

　　"그 사람은 양배추 같습니다."

　　나스루딘만 제외하고 모두가 그의 말에 동의를 표했다. 나스루딘이 말했다.

　　"아니예요. 그렇지 않습니다. 당신은 공평해야 합니다. 양배추는 끓여서 먹을 수 있는 것입니다. 그런데 무엇이 왈리를 양배추로 둔갑시켰습니까?"

남의 악한 이야기를 들었을지라도 곧 미워하지 말지니 중상하는 자의 모략일지도 모르기 때문이니라. 남의 착한 이야기를 들었을지라도 곧 친근하지 말지니 간악한 자가 자신을 천거하기 위한 방편일지도 모르기 때문이니라.

찻집에서 사람들은 신비스러운 짐승, 가끔은 신화적인 동물에 대한 이야기를 하고 있었다. 그런데 누군가가 나스루딘에게 자신의 마을 근처 평지에서 괴이한 모양의 동물들이 발견되었다고 말했다.

집에 돌아오는 길에 나스루딘은 그 새로운 동물을 보았다. 그것은 당나귀처럼 긴 귀를 가졌으며, 갈색의 부드러운 털을 지녔고, 무엇인가를 씹고 있었다. 그 짐승이 먹는 것에 열중하고 있는 틈을 타 나스루딘은 그것의 귀를 잡았다. 전혀 본 적이 없는 것이었다. 그것은 다름 아닌 토끼였다.

그는 그 이상스러운 것을 집으로 데리고 갔다. 그리고 아내에게 열어 보지 못하게 하고서 자루 속에 넣고 묶어 놓았다. 그런 다음 찻집으로 급히 달려가서 진지하게 사람들에게 말했다.

"내가 무엇인가를 발견했습니다. 그것은 당나귀와 비슷한 귀를 가졌고 우적우적 씹는 모습이 낙타와 비슷합니다. 그래서 지금 자루에 잡아넣어 집에 두었습니다. 이렇게 생긴 동물은 결코 본 적이 없습니다."

한편, 그의 부인은 호기심을 참지 못하고 그 자루를 열어 보았다. 토끼는 번개처럼 집밖으로 튀어나가 버렸다. 그녀는 고심 끝에 그것 대신에 자루 안에 돌멩이를 넣어 놓았다. 그리고는 다시 묶어 놓았다.

나스루딘은 곧 떠들썩한 그의 친구들과 함께 그 괴이한 모양의 동물을 보기 위해 집에 도착했다. 그는 자루를 풀었다. 그러자 돌멩이가 밖으로 쏟아졌다. 죽은 듯이 고요한 침묵이 흘렀다. 나스루딘은 우선 침착해졌다.

"친구들! 이 돌멩이 일곱 개만 가지고 가면 4분의 3파운드의 무게가 나간다는 것을 알 수 있을 걸세."

호기심에는 두 종류가 있다. 그것은 우리에게 도움이 될만한 것이면 무엇이든지 배우고자 아는 마음이 중심이 된 이른바 자신의 이익 본위에서 생기는 호기심이고 다른 하나는 남이 모르고 있는 것을 배우려고 하는 속된 마음에서 생긴 자존심이 주제가 된 호기심이다.

약소국의 서러움

나스루딘은 어느 부유한 나라의 수도를 여행하고 있었다.

당나귀가 길을 따라 터벅터벅 가고 있는 동안 그는 농장들의 질서정 연함과 부유함에 깊은 감명을 받게 되었다.

마침 나스루딘이 그곳에 도착했을 때 초승달이 떠오르고 있었다. 그런데 이곳에는 사람들이 초승달을 보기 위해 거리로 몰려가는 관습이 있었다. 나스루딘은 그러한 관습에 대해서는 아무것도 모르고 있었다.

"이곳은 역시 한창 번영 중인 나라구나."

이 광경을 목격하고 나스루딘은 중얼거렸다.

"그렇지만 우리는 항상 달을 가지고 있지 않은가? 달은 우리에게 모습을 나타내지 않을 때에만 오직 이곳에 나타나는 거야."

깊고 무서운 진실을 말하라. 자기가 느낀 바를 표현하는 데 있어 결코 주저하지 말라. 깨닫기만 하고 실천을 안 하면 깨달음이 아무 소용없다.

얼마나 멀리 가야 충분한가?

나스루딘이 어찌 할 바를 모르고 안절부절하고 있었다. 그의 아내는 산책할 것을 권유했다. 그는 아내의 충고대로 길을 따라 걸었다. 그리고 이 산책은 이틀 동안 계속되었다.

이틀째 그는 반대 방향에서 걸어오는 사람을 만났다.

나스루딘이 그에게 말했다.

"저희 집에 도착하시거든, 제 아내에게 물어봐 주십시오 제가 충분히 멀리 왔는지 아니면, 아직도 얼마나 더 멀리 걸어가야 하는지를요!"

현명한 사람은 결코 지식에 자만하거나 함부로 나서지 않는다. 그리고 정중하게 요청하는 경우에 충고를 한다.

경제 법칙

　십자군 운동 기간 동안 나스루딘은 알레포 성 근처에 있는 도랑에 배치되어 일을 하게 되었다. 그 일은 몹시 힘든 것이었기 때문에 나스루딘은 자신의 처지를 한탄하였다. 하지만 그 일은 그에게 행운을 가져다주게 되었다.

　어느 날 한 착한 상인이 그곳을 지나가다가 그를 알아보고서 삼십 디램으로 그의 몸값을 치르고 자신의 집으로 데리고 가서 친절하게 대해주었다. 그리고 자기. 딸을 나스루딘에게 주었다.

　나스루딘은 이제 편안한 인생을 살게 되었다. 그러나 그 여인은 잔소리가 아주 심했다.

　어느 날 그녀가 말했다.

　"당신은 제 아버지가 삼십 디램에 사서 내게 준 그 남자라는 것을 기억하세요."

　나스루딘이 말했다.

　"맞소, 내가 바로 그 남자요. 그는 내 몸값으로 삼십 디램을 지불했소. 하지만 당신은 내게 아무것도 주지 않았소. 반면 나는 이제……, 도랑을 파고 있었을 때 얻었던 단단한 근육을 잃어버렸소”

경쟁의 법칙이 개인에게는 때로는 가혹한 것이겠지만 그 국민에게는 최선의 것이다. 그 까닭은 그것이 모든 부문에서 가장 적합한 자의 존재를 보장하기 때문이다. 그러므로 우리는 우리 자신을 적응시켜야 할 조건으로서, 환경의 엄청난 불평등과, 산업 및 상업의 소수인의 수중에의 집중과 이것들 사이에 존재하는 경쟁의 법칙을, 국민의 미래의 진보를 위하여 유리할 뿐 아니라 또한 필수적인 것으로 받아들이며 환영하는 바이다.

소유권

나스루딘이 당나귀를 타고 총총걸음으로 어딘가 가고 있을 때 길가에 핀 아름다운 꽃들을 보았다. 그는 그것들을 꺾기 위해 당나귀에서 내려왔다. 그런데 그가 꽃을 꺾어 가지고 돌아와 보니 누군가가 당나귀의 등에 있던 그의 외투를 훔쳐가 버렸다.

"좋아."

나스루딘이 당나귀에게 말했다.

"나는 외투 대신 너의 안장을 가져야겠구나. 그것이 공평하지!"

그는 당나귀 위에 탔다. 그리고 안장을 자신의 등위에 얹어 놓았다.

지나간 일에는 집착하지 않는다. 즉 과거에 구애되지 않고 또 아직 다가오지도 않은 미래의 일에 쓸데없는 걱정을 하지 않는다.

아래로 단단히 묶어라!

심한 폭풍이 휘몰아치고 있을 때 나스루딘은 배에 타고 있었다. 모든 선원들은 돛을 위로 감아 올려서 돛대에 묶으라는 명령을 받았다.

나스루딘은 선장에게 달려가 소리쳤다.

"어리석기는! 배가 아래로 움직이는 것을 모두가 보았습니다. 그런데 당신의 부하들은 위에서부터 묶기 위해 애쓰고 있습니다!"

 절대적 정의란 있을 수 없다. 자신을 완성된 것으로 생각하지 말고 완성되어 가고 있는 것으로 생각하라. 정의에 어긋나는 죄를 범하지 않기 위해서는 오직 하나의 수단이 있다. 그것은 항상 자기를 완성되어 가고 있는 것이라고 생각하는 일이다.

　나스루딘은 당신과 같은 뛰어난 손님을 맞게 되어 기쁘게 생각한다고 하며 살살 녹이는 말을 건네는 여관 주인으로부터 극진한 환영을 받았다. 여관 주인이 말했다.

　"손님께서 원하시는 것이 있으면 무엇이든지 요구하십시오"

　밤이 되자 나스루딘은 갈증이 났다. 그는 물을 달라고 크게 외쳤다. 그러나 깨어 있는 사람이 아무도 없었다. 갈증이 심해지자 마치 입 속에서 불이 나는 것 같았다.

　"불이야! 불이야!"

　그가 외쳤다.

　여관 전체가 깨어났다. 이윽고 주인이 물 주전자를 들고 그에게로 왔다.

　"어디서 불이 났습니까?"

　나스루딘은 자신의 입을 가리켰다.

　"여기입니다."

권리를 용감하게 주장하는 자가 권리를 갖는다.

권리란 그것을 행사할 수 있을 때만 싸울 가치가 있다.

모든 사람은 자기가 진리라고 생각하는 것을 말할 권리를 가지고 있으며,

또 누구든 그를 반박할 권리를 갖고 있다.

터키식 목욕탕의 한증막에서 티무르 왕이 나스루딘에게 말했다.

"물라, 내게 진실을 말해 주시오."

"저는 항상 진실을 말씀드리고 있습니다, 폐하."

"내 가치가 어느 정도 되오?"

"금화 다섯 냥입니다."

왕은 화가 났다.

"그 값은 내 팬츠가 흘러내리지 않게 매주는 이 허리띠의 값이오 내 가치가 고작 그것뿐이란 말이오!"

나스루딘이 말했다.

"폐하께서는 금전상으로는 가치가 없습니다. 그런데 폐하께서 '가치'에 대해 물어 보시길래 어쩔 수 없이 그 질문에 대답을 한 것입니다. '돈'에 대해서 말씀을 하시면, 저는 벨트와 같은 외관상의 값을 말씀드린 것입니다. 만약 내면의 가치를 물으신 것이라면 그것은 말로 대답할 수 없는 것입니다."

인간의 가치는 그 소유물에 의하는 것이 아니라 인격에 있다.
명성은 얻는 것이요, 인격은 주는 것이다. 이 진리에 눈이 뜰 때 당신은
비로소 살기 시작한다.

꼴주머니와 당나귀

찻집에서 철학적인 토론을 하던 중 어떤 사람이 말했다.

"물라가 저기 옵니다."

"우리 그에게 한 가지 어려운 질문을 하도록 합시다."

그러자 다른 사람이 말했다.

"그가 아는 것은 모두 당나귀에 대한 것뿐입니다."

찻집을 들어서던 나스루딘이 그 말을 듣고 말했다.

"당나귀에게도 철학이 있습니다."

빵 굽는 사람이 말했다.

"좋소, 나스루딘. 내 질문에 대답해 보십시오. 당나귀가 먼저입니까, 꼴주머니가 먼저입니까?"

나스루딘은 주저하지 않고 대답했다.

"간단합니다. 꼴주머니가 먼저입니다."

"터무니없는 대답 같은데요!"

"증명해 드리지요!"

"글쎄요……. 당나귀는 꼴주머니를 알아 볼 수 있으나 꼴주머니는 당나귀를 알아볼 수 없기는 합니다.”

“저는 당신네들이 이미 꼴주머니가 먼저라는 것을 인정했다고 생각합니다. 꼴주머니는 당나귀를 인식하지 못한다고 지금 말하지 않았습니까?”

한쪽만 믿음으로써 간계(奸計)에 속는 사람이 되지 말고, 잘난 체하여 객기를 부리는 사람이 되지 말라. 자신의 장점을 자랑하기 위해 남의 단점을 드러내지 말 것이며, 자기가 졸렬치 않다 하여 남의 재능을 인정하지 않는 자가 되지 말라.

나스루딘이 말했다.

"당신이 긍정적으로 여기는 어떤 것들은 거짓임에 틀림없습니다."

항상 비범한 것에 대한 증거를 찾고 있던 한 사람이 말을 받았다.

"물론이죠. 예를 들면 언젠가 길을 걸어가고 있었는데, 나는 내가 죽었다는 소문을 들은 적이 있습니다."

사람은 먼저 자신을 통제할 줄 알아야 한다. 자기 한 몸을 통제하지 못하고 어떻게 남을 통솔할 것인가. 노여움, 그 밖의 격렬한 폭발적인 감정 따위는 모두 자신을 통솔하지 못한 증거이다. 사람은 남한테 저항하는 것보다 먼저 자기 자신에게 저항해야 한다. 나 자신을 극복하는 것이 남에게도 이기는 것이다.

물라의 꿈

어느 날 밤에 나스루딘은 아내를 아주 급하게 깨우며 말했다.

"빨리 달려가서 내 안경을 가져다 줘요. 멋있는 꿈을 꾸고 있는 중이요. 그리고 게다가 내가 보았던 아름다운 여자와 만나기로 약속을 하고 있던 참이오. 나는 좀더 얼굴을 자세히 보고 싶단 말이오. 어서 안경을 가져다 줘요."

 사람을 망치는 것에 여러 가지 큰 이유가 있는 것은 아니다. 지나치게 사리사욕(私利私慾)에 사로잡히면 억센 기상이 꺾이고 명민(明敏)하던 지혜도 흐려지고 결백하던 마음도 더러워진다. 남에 대한 은혜도 모르고 냉혹하게 되어 그 평생의 인품도 깨뜨리고 만다. 그래서 현명한 사람은 자고로 사리(私利)를 탐하지 않는다.

궁정에 갔던 나스루딘이 마을로 돌아왔다. 그러자 마을 사람들은 그가 왕과 무슨 말을 했는지 듣기 위해 모여들었다.

"……왕께서 나에게 말을 건넸을 때, 그때의 황홀한 순간에 대한 이야기로 내 말을 줄일까 합니다."

당황함을 극복하고 영광스러움을 느낀 것에 대해 이야기를 들은 대부분의 사람들은 이 놀라운 사건을 이야기하며 찻집으로 몰려가 버렸다.

그 자리에 끝까지 남아 있던 약아 빠진 농부가 한 사람이 물었다.

"폐하께서 도대체 무슨 말씀을 하셨습니까?"

"내가 궁전 바깥에 서 있을 때, 폐하께서 밖으로 나와서 모든 사람이 다 들을 수 있을 정도로 내게 명확히 말씀하셨지, '내 길에서 나가시오!'"

농부는 만족스러워하며 돌아섰다. 나스루딘 역시 그 농부의 뒷모습을 보며 만족스러워하며 외쳤다.

"어서 집으로 돌아가시오."

자신의 의견을 밝힐 때는 객관적인 태도를 취하라. 자기 기분에 대해 책임을 지고 자신이 원하는 것을 구체적으로 밝혀라. 자신의 의사를 관철시키는데 성공할 수도 실패할 수도 있다. 성공했을 때는 주변상황을 통제하고 원하는 것을 얻을 수 있다는 점을 보여 준 것이 되고, 실패했을 때는 실패한 기분을 밖으로 표현하고 나면 씁쓸함이 좀 나아질 것이다.

아무도 알지 못한다

갑자기 자신이 누군지 궁금해진 나스루딘은 그를 알아볼 수 있는 누군가를 찾기 위해 거리로 급히 뛰어갔다.

거리는 사람들로 꽉 차 있었다. 그러나 낯익은 얼굴은 한 사람도 없었다.

그는 문득 목수의 가게에 들어가 있는 자신을 발견했다.

한 걸음 앞으로 다가서면서 그 목수는 물었다.

"어서 오십시오. 뭘 도와드릴까요?"

나스루딘은 아무 말도 하지 않았다.

"손님께서는 나무로 만든 물건들을 좋아하시나 보죠?"

"그것보다도 먼저, ……?"

물라가 말했다.

"당신의 가게에 내가 들어오는 것을 보셨습니까?"

"보았는데요."

"좋습니다. 그럼 당신은 전에 저를 보신 적이 있습니까?"

"제 평생에 당신을 본 적이 없는데요"

"그렇다면, 어떻게 들어오는 사람이 저인 줄 아셨습니까?"

 너 자신을 알라.
사람은 어쩌면 우주를 알고 있을지 모른다. 그러나 자기는 모른다. 자기는
어떤 별보다도 더 멀리 있다.

진리

한 제자가 나스루딘에게 물었다.

"진리란 무엇입니까?"

"내가 이전에도 결코 말한 적이 없고 앞으로도 말하지 않을 어떤 것이니라."

진리는 서로 떠들며 토론하는 데서 얻어지는 것이 아니다. 오직 성찰과 명상에 의해서만 얻어질 수 있는 것이다. 그대가 어떤 진리 하나를 얻었을 때 잇달아 또 하나의 진리가 그대 앞에 감람나무 잎처럼 싹터 오를 것이다.

작년에 새둥지였습니다

“그 나무 속에서 무얼 하고 계십니까, 물라?”

“알들을 찾고 있습니다.”

“그런데 그건 작년 새둥지인데요!”

“글쎄요. 당신이 새라면, 그리고 안전한 장소를 원한다면, 모험을 하
면서까지 새로운 둥지를 지으시겠습니까?”

어느 곳에 돈이 떨어져 있다면 길이 멀어도 주우러 가면서, 자기 발 밑에
있는 일거리는 발길로 걷어차 버리고 지나치는 사람이 있다. 눈을 뜨자.
행복의 열쇠는 어디에나 떨어져 있다. 기웃거리고 다니기 전에 마음의 눈
을 닦자. 마음의 눈을 닦아 놓으면, 무엇을 먼저 하고 무엇을 나중에 해야
할지가 보인다.

머리와 발뒤꿈치

한 친구가 물었다.

"자네가 죽는다면, 물라, 어떻게 묻히고 싶은가?"

물라가 대답하기를,

"머리를 아래로 해서 묻히고 싶네. 사람들이 생각하는 것처럼 우리는 현세에서는 똑바로 서서 다니지만 나는 내세에서는 거꾸로 다니도록 노력하고 싶네."

인간의 가치는 그 사람의 장점만을 통하여 판단하기보다는 그 사람이 그 큰 장점을 어떻게 운용하고 있는가를 보고 판단하여야 한다.

나스루딘이 진한 청색의 상복을 입고 거리를 걷고 있었다. 어떤 사람이 그를 멈춰 세우며 물었다.

"왜 그런 옷을 입으셨습니까, 물라, 누가 죽었습니까?"

나스루딘이 말했다.

"그럴 수도 있겠죠 내가 그것에 대한 어떠한 정보도 주지 않았는데 당신이 알 수 있는 그런 일이 일어날 수도 있겠죠"

조금밖에 모르는 사람이 말이 많다. 많이 아는 사람은 침묵을 좋아한다. 소인은 자기가 알고 있는 것을 대단하게 생각하고 누구에게나 말하고 싶어한다. 그러나 큰 인물은 자기 지식을 남에게 알리기를 두려워한다. 그는 지금은 많은 말을 할 수 없으나 후에 더욱 많은 것을 이야기 할 수 있음을 알고 잠자코 있는 것이다.

새 무덤 대신 오래 된 무덤

하루는 나스루딘이 이렇게 말했다.

"내가 죽으면 오래 된 무덤에 묻어 주십시오."

그의 친척들이 물었다.

"왜요?"

"왜냐하면 선의 천사이면서도 악한 행동을 했다고 기록되어 있는 문키르와 나키르가 왔을 때, 오래된 무덤은 이미 벌을 모두 셈했다고 그들에게 신호를 보낼 수 있게 하기 위해서입니다."

나스루딘의 유언

"내 가족들은 내 소유물과 돈을 정확한 비율로 틀림없이 나눌 것을
명령한다. 하지만 나는 아무것도 가진 것이 없다. 내 재산을 법률에 명
시된 것에 따라 나누도록 하라. 그리고, 남은 것은 가난한 사람들에게
주도록 하라."

인생은 험난한 길이다. 죄를 짓지 않도록 해라. 불을 꺼라.
나는 잠자고 싶다.

미완성

나스루딘은 자신의 무덤을 세우는 것을 감독했다.

마침내 불충분한 것을 거듭 보충하면서 무덤은 완성되었다. 석공이 돈을 받으러 왔다.

"아직 충분하지 않네."

그러자 석공이 물었다.

"덜 된 것이 무엇입니까?"

"그대와 나는 아직 무덤의 주인을 제대로 다듬어야 하네."

 운명은 그 사람의 성격에 의해서 만들어진다. 그리고 성격은 그 사람의 일상의 습관에서 만들어진다. 그러기 때문에 오늘 하루 좋은 행동의 씨를 뿌려서 좋은 습관을 거두어들이도록 하지 않으면 안 된다. 좋은 성격으로 성격을 다스린다면, 운명은 그때부터 새로운 문을 열 것이다.

물라의 묘

나스루딘의 묘 정문은 빗장이 걸려져 있고, 자물쇠가 채워져 있는 수많은 나무로 된 문들로 닫혀 있다. 어느 누구도 최소한 문을 통해서 그 안으로 들어갈 수 없었다. 그의 유언에서 물라 나스루딘은 자신의 무덤 주위에는 담이 없어야 한다고 했다.

나스루딘의 묘비에는 386이란 숫자가 적혀 있었다. 대리인을 통해서 이것을 해독해 보니, 수피 무덤에 흔히 있는 장치라고 했다. 또한 우리는 'SHWF'라는 단어를 발견할 수 있다. 이것은 '시각'이란 뜻의 단어로, 특히 '어떤 사람이라도 볼 수 있게 만드는 것'이라는 뜻을 지니고 있다.

오랜 세월이 흐르면서 유골이 눈병을 치료하는 데 효과가 있는 것으로 전해진 것은 아마도 이런 이유에서일 것이다.

죽음을 생각하면서 잠들고 오래 살지 못하리라는 것을 생각하며 일어나라.

당신의 인생을 즐겨라.

아니면 누군가를 화나게 하는 법을 배우려고 노력하라.

만약 그렇게 하지 않는다면

당신은 누군가를 정말로 화나게 만들 것이다.

— 물라 나스루딘 —

우리가

발견하고, 깨닫고, 소중히 다뤄야할

어떤 것들이란 멀리 있는 그 무엇이 아니다.

이미 우리 곁에 있어 왔고

오래도록 함께 있을 아주 사소한 대상들이다.

우리가

그 사소한 것들의 내밀한 곳을 눈여겨보지 않고

그 사소한 대상들을 불러주지 않음으로 해서

그것들은 쓸모 없는 것으로 남는 것이다.

다시 보라.

우리가 우리의 주변 가장 가까운 곳을 살필 때

우리에게 나타나는 삶의 지혜와 깨달음을……

희망은 장래를 자기 것으로 만드는 강한 도구이다.
희망을 버리지 않는 한 인생은 장래의 꼬리를 잡고 있는 것이다.
희망을 송두리째 끊어버리는 것은 죽음과 마찬가지이다.
그 곳으로부터 절대 손을 떼서는 안 된다.

바보생각

엮은이 · 이의영

펴낸이 · 배기순

펴낸곳 · 하남출판사

초판1쇄 발행 · 2004년 6월 15일

등록번호 · 제10-221호

서울시 종로구 관훈동 198-16 남도BD 302호

전화 (02)720-3211(代) · 팩스 (02) 720-0312

홈페이지 · http://www.hnp.co.kr

e-mail · hanamp@chollian.net

ⓒ 하남출판사, 2004

* 잘못된 책은 교환하여 드립니다.